青土社

中村稔
Nakamura Minoru

森鷗外『渋江抽斎』を読む

森鷗外『渋江抽斎』を読む

目次

森鷗外『渋江抽斎』を読む

第一章

1

森鷗外『渋江抽斎』の「その一」の冒頭に次の詩が引用されている（本書における引用はちくま文庫版による。適宜、語句の意味や、和暦の年に対応した西暦等を括弧内に補記している）。

「三十七年如一瞬　学医伝業薄才伸　栄枯窮達任天命　安楽換銭不患貧」。

これは、三十七年一瞬の如し、医を学び業を伝えて薄才伸ぶ、栄枯窮達天命に任す、安楽銭に換え貧を患《うれ》えず、と読む。渋江抽斎の述志の詩である、と森鷗外は言い、思うに天保十二（一八四一）年の暮に作ったものであろう、と記し、彼はこの詩を次のとおり解釈している。

「この詩を瞥見《べっけん》すれば、抽斎はその貧に安んじて、自家の材能《さいのう》を父祖伝来の医業の上に施していたかとも思われよう。しかし私は抽斎の不平が二十八字の底に隠されてあるのを見ずにはいられない。試みに看《み》るが好《よ》い。一瞬の如くに過ぎ去った四十年足らずの月日を顧みた第一の句は、第二の薄才伸《はくさいのぶ》を以て妥《おだやか》に承けられるはずがない。伸ると云うのは反語でなくてはならない。老驥櫪《ろうきれき》に伏すれども、志千里に在りと云う意がこの中《うち》に蔵せられている。第三もまた同じ事である。作者は天命に任せるとは云っているが、意を栄達に絶っているのではなさそうである。さて第四に至って、作者はその貧を患《うれ》えずに、安楽を得ていると云っている。これも反語であろうか。いや。そうではない。久しく修養を積んで、内に恃《たの》む所のある作者は、身を困苦の中に屈していて、志は未《いま》だ伸びないでもそこに安楽を得ていたのであろう」。

私はこの森鷗外の解釈に釈然としない。瑣末なことからいえば、「過ぎ去った四十年足らずの月日を顧みた第一の句」と言うけれども、「四十年足らず」とは四十年では不足な短い年月をいうのが普通の用法だが、ここでは三十七年という充分な月日が過ぎ去ったのに、という意味であるから、「四十年足らず」と言いかえるのは表現として私たちに馴染みない用法である。森鷗外の時代には、このような用例もあるのかもしれないが、私としてはこの用法には無理があるとしか思われない。このことは、第二の句の「伸ると云うのは反語でなくてはならない」という解釈がいかにも不合理であることと通じている。つまり、森鷗外は、渋江抽斎が「薄才伸ぶ」というような自足した表現をするはずがないという先入観にもとづいているのではないか。森鷗外は、第三の句も同様である、と言うけれども、これも反語ではなく、文字通りに受けとってはなぜいけないのか。「栄枯」とは栄枯盛衰を意味し、「窮達」とは困窮と栄達の意である、という。森鷗外は、渋江抽斎を栄枯盛衰、困窮、栄達を意に介しない人物として捉えようとするあまり、牽強付会な解釈を冒しているとしか考えられない。

この詩を素直に解釈すれば、父祖伝来の医学を学んで過していた三十七年の歳月は、顧みれば一瞬のようだが、それなりに成果をあげてきた。今後の栄枯盛衰は天命に任せる他ない。平穏に愉しく暮らしていけるなら、貧苦など気にかけるまでもない、という至って平凡な感想を詠じた作と解されるのである。森鷗外の解したように反語とすれば、措辞《そじ》きわめて拙い作と解されるであろう。私は、森鷗外が渋江抽斎を、その趣味・嗜好を同じくした高尚の人と見たために、その史伝には偏向があるかもしれない、という心構えで、この作品を読まなくてはならないと考える。

ところで、この詩を作った時、渋江抽斎は弘前藩の定府《じょうふ》（江戸勤めの意）の医官で近習詰、父允成《ただしげ》がその職を退いて家督を相続してから十九年、その允成が他界してから四年、母が他界してから十一年、本人は三十七歳、三度目の妻、岡西氏徳、三十二歳と、長男恒《つね》善《よし》、十六歳、長女純《いと》、十一歳、二男優善《やすよし》、七歳との五人暮らしであった。森鷗外は「老驥櫪に伏すれども、志千里に在り」という志と言ったが、三十七歳という年齢は老いた駿馬というにはふさわしくない。

渋江抽斎が弘前藩から得ていた知行は三百石という。この他、弘前藩の秘方一粒金丹といわれるものを製造、販売して若干の利益があったという。私がこれまで読んできた時代小説では、三百石の知行を受けるのはかなり高位の武士に限られているが、医師の知行は格別なのかもしれない。渋江抽斎は元来は酒を飲まなかったが、弘前で冬を越した機会に酒を嗜むようになり、晩酌をする習慣をもつことになった。煙草は生涯無縁であった。渋江家には常時、食客ないし書生が多いときは十人を超すほどいた。趣味は観劇であったが、同好の士と平土間で見るのが常であった。歌舞伎を上演する劇場には枡で仕切られた桟敷席と舞台正面の土間の観客席があり、この後者を平土間と言ったようである。いうまでもなく平土間での観劇は廉価であったにちがいない。

渋江抽斎が金銭を費やしたのは書籍を購入することであった。このことが、森鷗外が彼に関心をもつこととなった動機である。

2

森鷗外が渋江抽斎を知るにいたった事情を読む前に、森鷗外自身が「抽斎は現に広く世間に知られている人物ではない」として、その紹介を「その二」に記しているので、これをまず引用する。

「たまたま少数の人が知っているのは、それは経籍訪古志の著者の一人として知っているのである。多方面であった抽斎には、本業の医学に関するものを始として、哲学に関するもの、芸術に関するもの等、許多《あまた》の著述がある。しかし安政五（一八五八）年に抽斎が五十四歳で亡くなるまでに、脱稿しなかったものもある。また既に成った書も、当時は書籍を刊行すると云うことが容易でなかったので、世に公にせられなかった。

抽斎の著《あらわ》した書で、存命中に印行せられたのは、ただ護痘要法《ごとうようほう》一部のみである。（中略）これを除いては、ここに数え挙げるのも可笑《おか》しい程の四つの海と云う長唄《ながうた》の本があるに過ぎない」。

さて、「経籍訪古志」については、森鷗外は「これは抽斎の考証学の方面を代表すべき著述で、森枳園《きえん》と分担して書いたものであるが、これを上梓《じょうし》することは出来なかった。そのうち支那公使館にいた楊守敬《ようしゅけい》がその写本を手に入れ、それを姚子梁《ちょうしりょう》が公使徐承祖《じょしょうそ》に見せたので、徐承祖が序文を書いて刊行させることになった。その時幸《さいわい》に森がまだ生存していて、校正したのである」と記し、続けて、「世間に多少抽斎を知っている人のあるのは、この支那人の手で刊行せられた経籍訪古志があるからである。しかしわたくしはこれに依って抽斎を知ったのではない」と書いている。

森鷗外がどのような経緯で渋江抽斎を知ったか、について、まず、彼の叙述を見ることにする。

江戸時代に『武鑑』といわれる刊行物があった。平凡社『世界大百科事典』に次のとおり説明されている。

「江戸時代、諸大名の氏名、本国、居城、石高、官位、家系、相続、内室、参勤交代の期日、献上および拝領品目、家紋、旗指物、重臣などを掲載した小型本。寛永年間（一六二四〜四四）の《治代普顕記》所収の〈日本六十余州知行高一万石以上〉の一編が先蹤であるが、形態が整ったのは《正保武鑑》（一六四七）で、《大名武士艦》（一六五一年、江戸日本橋中野仁兵衛刊）、《知行附》（一六五六年、伊勢屋刊）、《江戸艦》（一六五九）などが早いものである。さらに記載事項を増加した《本朝武鑑》や元禄年間（一六八八〜一七〇四）の《太平武鑑》《正統武鑑》など、宝永・正徳（一七〇四〜一六）の《賞延武鑑》《一統武鑑》などが刊行された。また、江戸の須原屋茂兵衛によって元禄・宝永期の《太平武鑑》《一統武鑑》に続いて《正徳武鑑》（一七一六）が刊行され、以後年号を付して逐次改版して幕末まで続いた。出雲寺和泉掾刊行の《大成武鑑》も元文（一七三六〜四一）ころから続刊された。橋本博編《大武鑑》は各種武鑑を集成している。実用上あるいは江戸土産として多くの部数が板行され、また武士社会研究の資料である。ただ御役人衆の部は幕府役職の人名が列挙されているが、任免のたびごとの訂正は施し難かったので利用の際には注意する必要がある」（原文の西暦の年は洋数字で書かれているが、漢数字に改めた）。

森鷗外は「文章の題材を、種々の周囲の状況のために、過去に求めるようになってから、わたくしは徳川時代の事蹟を捜《さぐ》った。そこに武鑑を検する必要が生じた。武鑑は、わたくしの見る所によれば、徳川史を窮むるに闕《か》くべからざる史料である」と書いている。

このような考えによって、武鑑を蒐集しはじめ、その間、「弘前医官渋江氏蔵書記と云う朱印のある本に度々出逢って、中には買い入れたのもある。わたくしはこれによって弘前の官医で渋江と云う人が、多く武鑑を蔵していたと云うことを、先ず知った」という。

そこで、森鷗外は多くの武鑑を渉猟して最古の武鑑はどれかを調べた。その結果、次の結論を得た。

「今に迨《いた》るまでに、わたくしの見た最古の武鑑ないしその類書は何かと云うと、それは正保二（一六四五）年に作った江戸の屋敷附である。これはほとんど完全に保存せられた板本《はんぽん》で、末に正保四年と刻してある。ただ題号を刻した紙が失われたので、恣《ほしいまま》に命じた名が表紙に書いてある。この本が正保四年と刻してあっても、実は正保二年に作ったものだと云う証拠は、巻中に数箇条あるが、試みにその一つを言えば、正保二年十二月二日に歿した細川三斎が三斎老として挙げてあって、またその第《やしき》を諸邸宅のオリアンタショ ンのために引合に出してある事である」。

「これはわたくしが数年間武鑑を捜索して得た断案である。然るにわたくしに先んじて、夙《はや》く同じ断案を得た人がある。それは上野の図書館にある江戸鑑図《かんず》目録と云う写本を見て知ることが出来る。この書は古い武鑑類と江戸図との目録で、著者は自己の寓目《ぐうもく》した本と、買い得て蔵していた本とを挙げている。この書に正保二年の屋敷附を以て当時存じていた最古の武鑑類書だとして、巻首に載せていて、二年の二の字の傍《かたわら》に四と註している。著者は四年と刻してあるこの書の内容が二年の事実だと云うことにも心附いていたものと見える。著者はわたくしと同じような蒐集をして、同じ断案を得ていたと見える。（中略）然るにこの目録には著者の名が署して無い。ただ文中に所々《しょしょ》考証を記《しる》すに当って抽斎云《いわく》としてあるだけである。そしてわたくしの度々見た弘前医官渋江氏蔵書記の朱印がこの写本にもある。

わたくしはこれを見て、ふと渋江氏と抽斎とが同人ではないかと思った。そしてどうにかしてそれを確めようと思い立った」。

森鷗外の史伝の興趣は、こうした思案の過程がつぶさに記されていることにあり、また、この後、渋江氏が抽斎であることを確認するために費やした労力の過程の詳細が記されており、その結果、調査・捜索の態様を知ることにあり、これを通じて、森鷗外の粘液質の性格を知ることができることにある、と私は考える。

調査・捜索の記述を辿ることは省く。ともかく、森鷗外は、渋江氏が抽斎であることを確かめ、子孫の生存していることまで調べ上げたのであった。

3

ここまでは、いわば序説であり、このようにして確認された渋江抽斎という人物が、その生涯はもとより、歿後四十年を超す大正初年にいたる、その子孫の生活まで記すに値するほどの人物であるか、が問題であろう。ちなみに、『渋江抽斎』は森鷗外の史伝中、『伊沢蘭軒』よりはるかに短いとはいえ、全百十九章、「その五十三」ですでに渋江抽斎はコレラのため死去しているのである。

そこで、渋江抽斎が学問の分野において、どのような成果をあげたかを、一応見ておきたい。彼は弘前藩の医官であり、いわゆる漢方医であるが、同時に儒者でもあった。彼の業績は主として儒学に関連する。森鷗外は「その五十四」において、「抽斎の著《あらわ》す所の書には、先ず経籍訪古志と留真譜とがあって、相踵《あいつ》いで支那人の手に由って刊行せられた」と言い、「わたくしは訪古志と留真譜との二書は、今少し重く評価して可なるものであろう」と言う。その真意は、渋江抽斎は大きな寄与、貢献をしたわけではなかったにしても、評価が少し低すぎるのではないか、というに止まる。そこで、「その五十六」では抽斎の次の言葉を引用している。

「凡《おほよ》そ学問の道は、六経を治《をさ》め聖人の道を身に行ふを主とする事は勿論なり。扨《さて》其六経を読み明めむとするには必ず其一言一句をも審《つまびらか》に研究せざるべからず。一言一句を研究するには、文字の音義を詳《つまびらか》にすること肝要なり。文字の音義を詳にするには、先づ善本を多く求めて、異同を比讐《ひしう》し、謬語《びうご》を校正し、其字句を定めて後に、小学に熟練して、義理始て明了なることを得」。

渋江抽斎は考証家であった。テキスト・クリティークの重要性はいうまでもない。問題は考証の結果、テキストを確定した上で、何を解し、何を考えるかにある。渋江抽斎は考証家の域に止まっていたようである。森鷗外は渋江抽斎の考証家であった所以を詳細に調べ、記述しているが、ここでも森鷗外の探索の執念に感嘆するけれども、だからといって、その考証家であることに惹かれて史伝を執筆したわけではあるまい。執筆の端緒は武鑑の蒐集家としての親近感だったのではないか。しかし、森鷗外は、さらに詳しく、動機を「その六」に記している。

「抽斎は医者であった。そして官吏であった。そして経書や諸子のような哲学方面の書をも読み、歴史をも読み、詩文集のような文芸方面の書をも読んだ。その迹が頗《すこぶ》るわたくしと相似ている。ただその相殊なる所は、古今時を異にして、生の相及ばざるのみである。いや、そうではない。今一つ大きい差別《しゃべつ》がある。それは抽斎が哲学文芸に於いて、考証家として樹立することを得るだけの地位に達していたのに、わたくしは雑駁《ざっぱく》なるジレッタンチスムの境界を脱することが出来ない。わたくしは抽斎に視て忸怩《じくじ》たらざることを得ない。

抽斎はかつてわたくしと同じ道を歩いた人である。しかしその健脚はわたくしの比《たぐい》ではなかった。迥《はるか》にわたくしに優った済勝《せいしょう》の具（健脚のこと）を有していた。抽斎はわたくしのためには畏敬《いけい》すべき人である」。

これは森鷗外としては自己卑下の過ぎた言葉であり、渋江抽斎に対しては過褒というべきであろう。この史伝の執筆を正当化する意図のために、このような過分な自己卑下や過褒が表現されたのではないか。

さて『渋江抽斎』の本文に戻ると、「その二」に抽斎は冒頭に引用した「詩を作ってから三年の後、弘化元（一八四四）年に躋寿館《せいじゅかん》の講師になった。躋寿館は明和二（一七六五）年に多紀玉池《たきぎょくち》が佐久間町の天文台址《あと》に立てた医学校で、寛政三（一七九一）年に幕府の管轄に移されたものである。抽斎が講師になった時には、もう玉池が死に、子藍渓《らんけい》、孫桂山《けいざん》、曾孫柳沜《りゅうはん》が死に、玄孫暁湖《ぎょうこ》の代になっていた。抽斎と親しかった桂山の二男茝庭《さいてい》は、分家して館に勤めていたのである。今の制度に較べて見れば、抽斎は帝国大学医科大学の教職に任ぜられたようなものである」。

「その三十七」には「嘉永二（一八四九）年三月七日に、抽斎は召されて登城した。躑躅《つつじ》の間《ま》において、老中牧野備前守忠雅《ただまさ》の口達があった。年来学業出精に付、ついでの節目見《めみえ》仰《おおせ》附《つ》けらると云うのである。この月十五日に謁見は済んだ」とある。躋寿館の講師に任じられてから五年後である。「その三十八」には次の記述がある。

「抽斎の将軍家慶《いえよし》に謁見したのは、世の異数となす所であった。素《もと》より躋寿館に勤仕する医者には、当然奥医師になっていた建部《たけべ》内匠頭《たくみのかみ》政醇《まさあつ》家来辻元崧庵《つじもとしゅうあん》の如く目見の栄に浴する前例はあったが、抽斎に先《さきだ》って伊沢榛軒《しんけん》が目見をした時には、藩主阿部正弘が老中になっているので、薦達《せんたつ》の早きを致したのだとさえ言われた」。

渋江抽斎の親しい友人であった伊沢榛軒が将軍家慶にお目見えしたさいは、老中阿部正弘が「家臣の恩を受けたのを謝するために、老中以下の諸職を歴訪した」と伝えられている、とは『伊沢蘭軒』の「その二百五十四」に記されている。お目見えとはそれほどに重視されていたのである。『渋江抽斎』の「その三十八」には、抽斎自身の体験でなく、伊沢榛軒の逸事として、次のとおり伝えている。

「榛軒は目見の日に本郷丸山の中屋敷から登城した。さて目見を畢《おわ》って帰って、常の如く通用門を入らんとすると、門番が忽《たちま》ち本門の側《かたわら》に下座した。榛軒は誰を迎えるのかと疑って、四辺を顧たが、別に人影は見えなかった。そこで始て自分に礼を行うのだと知った。次いで常の如く中の口から進もうとすると、玄関の左右に詰衆が平伏しているのに気が附いた。榛軒はまた驚いた。間もなく阿部家では、榛軒を大目附格に進ましめた。目見は此の如く世の人に重視せられる習であったから、この栄を荷《にな》うものは多くの費用を弁ぜなくてはならなかった。津軽家では一箇年間に返済すべしと云う条件を附して、金三両を貸したが、抽斎は主家の好意を喜びつつも、ほとんどこれを何の費《ついえ》に充てようかと思い惑った」。

徳川幕藩体制下において将軍の権威を示すために、これほど愚劣な陋習が行われていたことに私は唖然とする。それにしても、渋江家としても、祝賀の宴を催さなければならなかった。いったい、『渋江抽斎』は彼の伝記にちがいないが、同時に、彼の四度目の妻、五百の伝記という要素もつよい。この史伝の感興の多くは五百の存在と挙動に負うところがはなはだ多い。この祝宴について、上記に続いて以下のとおり記されている。

「目見をしたものは、先ず盛宴を開くのが例になっていた。そしてこれに招くべき賓客の数もほぼ定まっていた。然るに抽斎の居宅には多く客を延《ひ》くべき広間が無いので、新築しなくてはならなかった」。

祝賀の宴とはいえ、新築までして賓客を招くというのは莫迦らしい限りである。ただ、このような莫迦らしい慣行に接することは風俗誌としての『渋江抽斎』の感興の一といってよい。この新築の費用を処理したのは五百であったが、その詳細は後に述べる。

4

本文に戻って、森鷗外は、いろいろな知己に訊ねて、渋江抽斎の字《あざな》は道純、諱《いみな》が全善《かねよし》、抽斎が号であること、娘が長唄の師匠、杵屋勝久、当主は渋江保《たもつ》、孫に終吉という三人の子孫が生存していることをつきとめ、各自と連絡をとり、谷中の感応寺に赴き、抽斎の墓を訪ねている。「墓誌に三子ありとして、恒善、優善、成善の名が挙げてあり、また「一女平野氏出」としてある。恒善はつねよし、優善はやすよし、成善はしげよしで、成善が保さんの事だそうである。また平野氏の生んだ女と云うのは、比良野文蔵の女威能《いの》が、抽斎の二人目の妻になって生んだ純《いと》である」。

渋江成善は、後に述べるとおり、明治維新後に保と改名したのである。「抽斎の碑の西に渋江氏の墓が四基ある」とあり、高祖父以来の墓であり、父允成の墓には「得寿院量遠日妙信士」と刻され、「天保八酉《とりのとし》年十月二十六日」と彫ってある、と森鷗外は記している。天保八年は一八三七年である。冒頭に引用した抽斎の詩は天保十二年の作だから、父允成の歿後四年の作ということになる。

森鷗外は「その九」で続けて次のとおり記している。

「今残っている勝久さんと保さんとの姉弟、それから終吉さんの父脩《おさむ》、この三人の子は一つ腹で、抽斎の四人目の妻、山内氏五百《いほ》の生んだのである。勝久さんは名は陸《くが》と云う。抽斎が四十三、五百が三十二になった弘化四（一八四七）年に生れて、大正五（一九一六）年に七十歳になる。抽斎は嘉永四（一八五一）年に本所へ移ったのだから、勝久さんはまだ神田で生れたのである。

終吉さんの父脩は安政元（一八五四）年に本所で生れた。中三年置いて四（一八五七）年に、保さんは生れた。抽斎が五十三、五百が四十二の時の事で、勝久さんはもう十一、脩も四歳になっていたのである。

抽斎は安政五（一八五八）年に五十四歳で亡くなったから、保さんはその時まだ二歳であった。幸に母五百は明治十七（一八八四）年までながらえていて、保さんは二十八歳で恃《じ》（母の意）を喪《うしな》ったのだから、二十六年の久しい間、慈母の口から先考の平生を聞くことを得たのである」（なお、いうまでもないことかもしれないが、この文章における年齢や、年齢差はすべて数え年によっているようである）。

この「その九」の結びに、森鷗外は「ここにわたくしの説く所は主として保さんから獲た材料に拠《よ》るのである」と記している。『渋江抽斎』が、なかば、彼の四番目の妻、五百の伝記の感があるのもそのためかもしれない。いずれにせよ、ここまでが『渋江抽斎』を読むさいに、序章をなすといってよい。

森鷗外は「その十」において、抽斎の出自を、その祖先、下野国大田原家の家臣から書き起こしているが、抽斎の高祖父以降が確実な事実のようである。抽斎の祖父は渋江本皓《ほんこう》といい、弘前藩に医官として仕えていた。令図《れいと》という庶子があったが、他家に養子に出し、別に継嗣を求めた、という。

「この時根津に茗荷屋《みょうがや》と云う旅店があった。その主人稲垣清蔵は鳥羽稲垣家の重臣で、君を諫《いさ》めて旨に忤《さか》い、遁《のが》れて商人となったのである。清蔵に明和元（一七六四）年五月十二日生れの嫡男専之助と云うのがあって、六歳にして詩賦を善《よ》くした。本皓がこれを聞いて養子に所望すると、清蔵は子を士籍に復せしむることを願っていたので、快く許諾した。そこで下野の宗家を仮親にして、大田原頼母《たのも》家来用人八十石渋江官左衛門次男と云う名義で引き取った。専之助名は允成字《ただしげ》は子礼、定所と号し、居る所の室を容安と云った。通称は初《はじめ》玄庵と云ったが、家督の年の十一月十五日に四世道陸と改めた。儒学は柴野栗山《りつざん》、医術は依田松純の門人で、著述には容安室文稿、定所詩集、定所雑録等がある。これが抽斎の父である」。

商人の子が商人の子として武士の養子になることはできない。これが士農工商という身分社会の慣行である。そこで、武士を仮親として養子縁組をすることが通例になっていた。身分社会の桎梏が形骸化していた証拠であり、逆に、武士が身分にふさわしい実力を失っていた事実のあらわれともいえるだろう。

允成について、森鷗外は「その十一」に逸話を書きとどめている。允成は藩主津軽寧親《やすちか》と「親昵《しんじつ》して、ほとんど兄弟《けいてい》の如くに遇せられた」という。允成は才子で美丈夫であったとも書かれており、「平生着丈《きだけ》四尺の衣を著て、体重が二十貫目あったと云うから、その堂々たる相貌《そうぼう》が思い遣られる」と記した上で以下のように書いている。

「当時津軽家に静江と云う女小姓が勤めていた。それが年老いての後に剃髪して妙了《みょうりょう》尼《に》と号した。妙了尼が渋江家に寄寓していた頃、可笑しい話をした。それは允成が公退した跡になると、女中達が争ってその茶碗の底の余瀝《よれき》を指に承けて舐《ねぶ》るので、自分も舐ったと云うのである」。

可笑しいといえば、可笑しいが、確かに允成が奥女中たちの間で憧憬の的になっていたことは事実としても、いじましい挿話である。おそらく医師など特別の男性を除き、男子禁制であった区域に勤める女性たちの満たされない性的情欲の捌《は》け口だったのではないか。私はこの挿話にむしろ嫌悪感を覚える。森鷗外はこの逸話に関連して次のとおり語っている。「しかし允成は謹厳な人で、女色などは顧みなかった」。

さらに、允成の妻帯について説明している。抽斎を産んだ妻は、最初の妻が死去、二度目の妻が離別された後に娶った三度目の妻、下総国佐倉の城主堀田相模守正順《まさのり》の家臣、岩田忠次の妹、縫《ぬい》であり、娶ったのは寛政七（一七九五）年、四月二十六日である。縫は享和二（一八〇二）年に長女、須磨《すま》を産み、文化二（一八〇五）年十一月八日に抽斎を産んだ。

允成の処遇について、森鷗外が記しているところを抜粋して、允成についての記述を締めくくることとする。

「允成は寧親の侍医で、津軽藩邸に催される月並講釈の教官を兼ね、経学と医学とを藩の子弟に授けていた（月並講釈とは毎月行われる講演の意）。三百石十人扶持の世禄《せいろく》の外に、寛政十二（一八〇〇）年から勤料《つとめりょう》五人扶持を給せられ、文化四（一八〇七）年に更に五人扶持を加え、八（一八一一）年にまた五人扶持を加えられて、とうとう三百石二十五人扶持を受けることとなった。中二年置いて文化十一（一八一四）年に一粒金丹を調製することを許された。これは世に聞えた津軽家の秘方で、毎月百両以上の所得になったのである。

允成は表向侍医たり教官たるのみであったが、寧親の信任を蒙《こうむ》ることが厚かったので、人の敢《あえ》て言わざる事をも言うようになっていて、しばしば諫めてしばしば聴かれた。寧親は文化元（一八〇四）年五月連年蝦夷《えぞ》地の防備に任じたと云う廉《かど》を以て、四万八千石から一躍して七万石にせられた。所謂津軽家の御乗出がこれである。五（一八〇八）年十二月には南部家と共に永く東西蝦夷地を警衛することを命ぜられて、十万石に進み、従四位下に叙せられた。この津軽家の政務発展の時に当って、允成が啓沃《けいよく》（誘導の意）の功も少くなかったらしい。

允成は文政五（一八二二）年八月朔に、五十九歳で致仕した。抽斎が十八歳の時である」。

このような記述を読むと渋江抽斎よりも允成の方がよほど魅力のある人物であったよう

にみえる。このような親を持ったことは抽斎の人格形成に大きな影響を与えたにちがいない。森鷗外はこう書いている。

「抽斎は小字《おさなな》を恒吉《つねきち》と云った。故越中守信寧《のぶやす》の夫人真寿院がこの子を愛して、当歳の時から五歳になった頃まで、ほとんど日毎に召し寄せて、傍《そば》で嬉戯《きぎ》するのを見て楽しんだそうである。美丈夫允成に肖《に》た可憐児であったものと想われる。

志摩の稲垣氏の家世は今詳《つまびらか》にすることが出来ない。しかし抽斎の祖父清蔵も恐らくは相貌の立派な人で、それが父允成を経由して抽斎に遺伝したものであろう。この身的遺伝と並行して、心的遺伝が存じていなくてはならない。わたくしはここに清蔵が主を諫《いさ》めて去った人だと云う事実に注目する。次に後允成になった神童専之助を出《いだ》す清蔵の家庭が、尋常の家系でないと云う推測を顧慮する。彼は意志の方面、此は智能の方面で、この両方面における遺伝的系統を繹《たず》ぬるに、抽斎の前途は有望であったと云っても好かろう」。

清蔵、允成の二代にわたり主君に諫言することをためらわなかった知能と勇気があったことは間違いないようだが、清蔵が美丈夫であったというのは森鷗外の想像にすぎない。この史伝の執筆にさいして森鷗外は先入観をもっていたのではないか、という疑問を私は持っている。抽斎が主君に諫言したというような事実はその生涯にはなかったのである。

5

森鷗外は「その十二」に「抽斎の師となり、また年上の友となる人物」として、「抽斎の経学の師には、先ず市野迷庵《めいあん》がある。次は狩谷《かりや》棭斎《えきさい》である。医学の師には伊沢蘭軒《らんけん》がある。次は抽斎が特に痘科を学んだ池田京水である。それから抽斎が交った年長者は随分多い。儒者または国学者には安積艮斎《あさかごんさい》、小嶋成斎、岡本况斎《きょうさい》、海保漁村、医家には多紀の本末両家、就中茝庭《なかんずくさいてい》、伊沢蘭軒の長子榛軒《しんけん》がいる。それから芸術家及芸術批評家に谷文《ぶん》晁《ちょう》、長嶋五郎作、石塚重兵衛がいる。此等の人は皆社会の諸方面にいて、抽斎の世に出づるを待ち受けていたようなものである」と記している。

この文章から渋江抽斎が教えを受け、知己となった人々の名は理解できるが、彼らが抽斎に何を期待して待ち受けていたかは判然としない。ただ、抽斎の主著、経籍訪古志は抽斎の考証学の成果であるとされているので、その師である市野迷庵についてはどういう人物か、確認しておきたい。森鷗外は迷庵について以下のとおり記している。

「迷庵は考証学者である。即ち経籍の古版本、古抄本を捜り討《もと》めて、そのテクストを閲し、比較考勘する学派、クリチックをする学派である。この学は源を水戸の吉田篁墩《こうとん》に発し、棭斎《えきさい》がその後を承けて発展させた。篁墩は抽斎の生れる七年前に歿している。迷庵が棭斎等と共に研究した果実が、後に至って成熟して抽斎等の訪古志となったのである。この人が晩年に老子を好んだので、抽斎も同嗜《どうし》の人となった」。

この記述はわが国における経籍の考証学の人的系譜にとどまり、この考証学にどのような特徴があるか、などは記述していない。森鷗外は抽斎の歿後、彼の業績をふりかえっているが、「その五十六」で抽斎の次の発言を引用している。

「凡《おほよ》そ学問の道は、六経（易経・詩経・書経・春秋・礼記・楽経をいう）を治《をさ》め聖人の道を身に行ふを主とする事は勿論なり。扨《さて》其六経を読み明めむとするには必ず其一言一句をも審《つまびらか》に研究せざるべからず。一言一句を研究するには、文字の音義を詳《つまびらか》にすること肝要なり。文字の音義を詳にするには、先づ善本を多く求めて、異同を比讐《ひしう》し、謬語《びうご》を校正し、其字句を定めて後に、小学に熟練して、義理始て明了なることを得。譬《たと》へば高きに登るに、卑《ひく》きよりし、遠きに至るに近きよりするが如く、小学を治め字句を校讐するは、細砕の末業に似たれども、必ずこれをなさざれば、聖人の大道微意を明むること能はず。（中略。）故に百家の書読まざるべきものなく、さすれば人間一生の内になし得がたき大業に似たれども、其内主とする所の書を専ら読むを緊務とす。それはいづれにも師とする所の人に随ひて教を受くべき所なり。さて斯《かく》の如く小学に熟練して後に、六経を窮めたらむには、聖人の大道微意に通達すること必ず成就すべし」。

森鷗外は、次いで、抽斎の師である市野迷庵の説を「その五十七」で紹介している。

「孔子は尭舜《げうしゆん》三代の道を述べて、其流義を立て給へり。尭舜より以下を取れるは、其事の明に伝はれる所なればなり。されども春秋の比《ころ》にいたりて、世変り時遷りて、其道一向に用ゐられず。孔子も遺つては見給へども、遂に行かず。終《つい》に魯《ろ》に還り、六経を修めて後世に伝へらる。これその尭舜三代の道を認めたまふゆゑなり。儒者は孔子をまもりて其経を修むるものなり。故に儒者の道を学ばむと思はゞ、先づ文字を精出して覚ゆるがよし。次に九経をよく読むべし。漢儒の注解はみな古《いにしへ》より伝受あり。自分の臆説をまじへず、故に伝来を守るが儒者第一の仕事なり。（中略。）宋の時程頤《ていい》、朱熹《しゆき》等己《おの》が学を建てしより、近来伊藤源佐、荻生《おぎふ》総右衛門などと云ふやから、みな己《おのれ》の学を学とし、是非を争ひてやまず。世の儒者みな真闇《まっくら》になりてわからず。余も亦少《わか》かりしより此事を学びしが、迷ひてわからざりし。ふと解する所あり。学令の旨にしたがひて、それ〴〵の古書をよむがよしと思へり」。

ここで森鷗外は次のとおりの注釈を加えている。

「要するに迷庵も抽斎も、道に至るには考証に由って至るより外無いと信じたのである。固よりこれは捷径《しょうけい》では無い。迷庵が精出して文字を覚えると云い、抽斎が小学に熟練すると云っているこの事業は、これがために一人の生涯を費すかも知れない。幾多のジェネラションのこの間に生じ来り滅し去ることを要するかも知れない。しかし外に手段の由るべきものが無いとすると、学者は此《ここ》に従事せずにはいられぬのである。

然らば学者は考証中に没頭して、修養に遑《いとま》が無くなりはせぬか。いや、そうでは無い。考証は考証である。修養は修養である。学者は考証の長途を歩みつつ、不断の修養をなすことが出来る」。

森鷗外の文章の途中だが、ここで彼が「修養」といっている言葉の意味が私には理解できない。人格を陶冶するといった意味に加え、考証学以外の学問を学ぶことも意味しているのではなかろうか。この「修養」は森鷗外の独自の意味で用いられているので、読者は困惑せざるをえない。森鷗外の文章の続きを引用する。

「抽斎はそれをこう考えている。百家の書を読まないで好いものは無い。十三経と云い、九経と云い、六経と云う。列べ方はどうでも好いが、秦火に焚《や》かれた楽経《がっけい》は除くとして、これだけは読破しなくてはならない。しかしこれを読破した上は、大いに功を省くことが出来る。「聖人の道と事々しく云へども、前に云へる如く、六経を読破したる上にては、論語、老子の二書にて事足るなり。其中にも過猶不及《すぎたるはなほおよばざるがごとし》を身行の要とし、無為不言を心術の掟《おきて》となす。此二書をさへ能く守ればすむ事なり」と云うのである。

抽斎は百尺竿頭《ひゃくせきかんとう》更に一歩を進めてこう云っている。「但論語の内には取捨すべき所あり。王充書の問孔篇及迷庵師の論語数条を論じたる書あり。皆参考すべし」と云ってある（ここで森鷗外は王充の説の一節にふれているが省略する）。

抽斎が老子を以て論語と並称するのも、師迷庵の説に本づいている。「天は蒼々《さう〳〵》として上《かみ》にあり。人は両間（天地の間の意）に生れて性皆相近し。習《ならひ》相遠きなり。世の始より性なきの人なし。習なきの俗なし。世界万国皆其国々の習ありて同じからず。其習は本性の如く人にしみ附きて離れず。老子は自然と説く。其れ是《これ》歟《か》。孔子《こうし》曰《いはく》。述而不作（述べて作らず）。信而好古（信じていにしえを好む）。窃比我於老彭（ひそかに我をろうほうに比す）。かく宣《の》給《たま》ふときは、孔子の意も亦自然に相近し」と云ったのが即ち是である」。

私は老子と孔子、道教と儒教との関係について発言できるような見識をもたないが、抽斎はその双方、さらに仏教をも含めて、一体のものとして考えていたようである。そのこと彼の考証学とは関連があるようにみえるのだが、この点についても発言できるとは思わない。ただ、私の乏しい知識にもとづいて、感想を記しておくとすれば、儒教も道教も、キリスト教やイスラム教のような排他性をもっていない、かなりに人生訓的な性格の強いこと、仏教については、わが国の神仏習合にみられるような包容性、融通無碍な性質があるからではないか。また、考証、テキスト・クリティークはテキストの奥に潜む思想に照らして、用語の正誤を見るべきであると考えるが、表面的な文字の正誤に拘泥する傾向があり、たとえば、孔子の思想を掘り下げるよりも、文言解釈に重きをおく傾向があり得るのではないか。私は渋江抽斎の儒学がどういうものであったか、まったく知らないし、森鷗外の『渋江抽斎』もこれについて教えてくれるものではない。だから、ここに記したことは私の空想といえば空想にすぎないのだが、抽斎解釈の素朴な考えとして一応記しておく。

渋江抽斎の考証学の師として市野迷庵に次いで挙げるべきは狩谷棭斎のようである。棭斎については、「その十三」に次の記述がある。

「狩谷棭斎、名は望之《ぼうし》、字は雲卿、棭斎はその号である。通称を三右衛門と云う。家は湯嶋にあった。今の一丁目である。棭斎の家は津軽の用達《ようたし》で、津軽屋と称し、棭斎は津軽家の禄千石を食み、目見《めみえ》諸士の末席に列せられていた。先祖は参河国苅屋《みかわのくにかりや》の人で、江戸に移ってから狩谷氏を称した。しかし棭斎は狩谷保古《ほうこ》の代に養子に来たもので、実父は高橋高敏、母は佐藤氏である。安永四（一七七五）年の生で、抽斎の母縫と同年であったらしい。果してそうなら、抽斎の生れた時は三十一歳で、迷庵よりは十少《わか》かったのだろう。抽斎の棭斎に師事したのは二十余歳の時だと云うから、恐らくは迷庵を喪って棭斎に適《ゆ》いたのであろう。迷庵の六十二歳で亡くなった文政九（一八二六）年八月十四日は、抽斎が二十二歳、棭斎が五十二歳になっていた年である。迷庵も棭斎も古書を集めたが、棭斎は古銭をも集めた。漢代の五物を蔵して六漢道人と号したので、人が一物足らぬではないかと詰《なじ》った時、今一つは漢学だと答えたと云う話がある。抽斎も古書や古武鑑を蔵していたばかりでなく、やはり古銭癖があったそうである」。

森鷗外が狩谷棭斎について語るところは人間としての背景、学問的な系譜にとどまり、棭斎の学問がどのようなものか、明らかにしていない。『伊沢蘭軒』の「その二百十三」に「湯嶋の津軽屋は大い店で、留蔵、音三郎、梅蔵三人の支配人即通番頭《かよいばんとう》が各年給百五十両であった」「五百の里親神田紺屋町の鉄物問屋日野屋忠兵衛方には、年給百両の通番頭二人があって、善助、為助と云った」とある。抽斎の四人目の妻、五百の実家は大店であったが、狩谷棭斎の津軽屋はこれをはるかに上回る大商人であった。

この森鷗外の狩谷棭斎についての記述に私は不満と疑問を持っている。不満は、棭斎の学問の特徴ないし棭斎の思想、あるいは、棭斎がどのように迷庵の学問を発展させたか、といったことをまったく叙述していないことである。これでは抽斎が棭斎の考証学から何を学び、どのように進歩させたか、棭斎と抽斎との間にどのような関連や違いがあるか、まるで分からない。森鷗外は棭斎の内面や学問上の特徴といったものをまったく語っていないのではないか、という不満である。

疑問は、何故、狩谷棭斎の津軽屋が弘前藩から千石というような、それこそ家老でもなければ与えられない莫大な扶持を受けていたのか、ということである。私は棭斎の津軽屋が弘前藩の財務を取り仕切っていたのであろうと想像する。その端緒は弘前藩が津軽屋から買い入れた物資の代金が支払えなくなり、たとえば、年貢を津軽屋に質入れしたことから始まり、財務の収支を津軽屋が支配することになったのではないか。いわば、津軽屋は弘前藩の財務を掌《つかさど》っていたので、その報酬が千石の扶持だったのではないか。このような事実は徳川幕藩体制の後半期における商業の発達、商人の勃興、これにともなう武士の支配権力の衰頽《すいたい》のあらわれのように思われる。後に見るとおり、弘前藩の勘定奉行が維新に先立って商人に転向した事実は、勘定奉行といいながら、彼の本来の業務は津軽屋が仕切っていたので、勘定奉行とは名だけで実質をともなわないことから、これからは商人の時代と考え、いち早く武士に見切りをつけたということではないか。森鷗外がこのような時代の変遷に注目していないことは、おそらく、このような現象は彼の関心の外だったからであろう。

第二章

1

引き続き、渋江抽斎の師について記す。儒学の師に次いで医学の師を説くことになるが、医学の師として森鷗外が真っ先に挙げるのは伊沢蘭軒である。しかし、蘭軒についてはその史伝を別の機会に採りあげるつもりなので、ここではふれない。

ただ一つだけ『渋江抽斎』の「その十四」に紹介されている逸事を記しておけば、伊沢蘭軒は備後国福山の城主阿部伊予守正寧《まさやす》に仕えていたが、「その頃抽斎の四人目の妻五百の姉が、正寧の室鍋島氏《なべしまうじ》の女小姓を勤めて金吾と呼ばれていた。この金吾の話に、蘭軒は蹇《あしなえ》であったので、館内で輦《れん》（手ぐるまの意）に乗ることを許されていた。さて輦から降りて、匍匐《ほふく》して君側に進むと、阿部家の奥女中が目を見合せて笑った。ある日正寧がたまたまこの事を聞き知って、「辞安は足はなくても、腹が二人前あるぞ」と云って、女中を戒めさせたと云うことである」。辞安は蘭軒の別号である。

森鷗外は、次に医学の師として池田如水を挙げている。疱瘡の漢方による治療法「痘科」の師である。周防国岩国の吉川家の医官池田嵩山《すうざん》がこの痘科を学び、その子信之の養子正明に伝えたが、正明が歿したとき、その子、独美は僅か九歳であった。独美は正明の弟槙本坊詮応《まきもとぼうせんおう》を通じ、正明の痘科を学び、広島厳島、京都を経て江戸に出て、寛政九（一七九七）年三月、「独美は躋寿館《せいじゅかん》で痘科を講ずることになって、二百俵を給せられた。六十四歳の時の事である。躋寿館には独美のために始て痘科の講座が置かれたのである」。

ここまでは問題はないようだが、森鷗外は「ここに問題の人物がある。それは抽斎の痘科の師となるべき池田京水である。京水は独美の子であったか、姪《おい》であったか不明である」と「その十五」に書いている。その上で、子か甥かを探索する森鷗外の執念はすさまじいという他ない。池田京水の出自の探索は「その十四」に始まり、「その十九」まで六章にわたり、各方面から探索して、結局、決定的な結論を得なかったらしい。元来漢方の痘科はほとんど効果が認められていたものではないようであり、種痘の普及により天然痘が絶滅して以降はまったく疱瘡の悩みから人類は解放されている。抽斎のばあいでも、痘科がどのようなものか、漢方の医家として学んでおく必要があったのであろうが、痘科の師が池田独美の子であるか、甥であるか、どちらだからといってどうということはない。しかし、執念ふかいとも思われるほど綿密で精緻な調査は粘液質な森鷗外の性格に由来し、ここに彼の文学の特質を見ることができるかもしれない。また、こうした調査・捜索の過程を辿ることに森鷗外の史伝の感興があると言ってよい。つまりは、ミステリーの犯人捜しの興趣に似たものであるように、私は感じている。

「その二十」では、さらに、池田京水が天保七（一八三六）年十一月十四日に五十一歳で他界しているので、天明六（一七八六）年生れだから、抽斎の生れた文化二（一八〇五）年には二十歳になっていた、という。森鷗外は常に数え年で数えているのである。

続いて、同じ章で、安積艮斎、小嶋成斎、次の「その二十一」で、岡本况斎、海保漁村を抽斎より年長の知己として挙げているが、それぞれ説明は十行ほどにすぎない。比較すると、池田京水に対するこだわりが異常に見えるのは如何ともしがたい。

次に、親しかった年長の医師として、多紀茝庭《さいてい》と伊沢蘭軒の長男である榛軒を挙げているが、説明は簡略を極めている。

芸術家として谷文晁を挙げ、演劇通として真志家五郎作と石塚重兵衛とを挙げている。

これに関して、森鷗外が次のような感想を書き記していることに私は注目する。

「わたくしはかつて歴史の教科書に、近松、竹田の脚本、馬琴、京伝の小説が出て、風俗の頽敗《たいはい》を致したと書いてあるのを見た。

しかし詩の変体としてこれを視れば、脚本、小説の価値も認めずには置かれず、脚本に縁《よ》って演じ出《いだ》す劇も、高級芸術として尊重しなくてはならなくなる。わたくしが抽斎の心胸を開発して、劇の趣味を解するに至らしめた人々に敬意を表して、これを学者、医者、画家の次に数えるのは、好む所に阿《おもね》るのでは無い」。

森鷗外の言うところは当然のことだが、この文章によれば、かつて、近松門左衛門、竹田出雲の脚本や滝沢馬琴の小説が教科書に掲載されたことがあるという。そうとすれば、近松などを到底読みこなせない、私自身を含めた、現代の日本人は国語の読解力がずいぶん落ちているのだと思い知ったのであった。

真志家五郎作については「その二十二」「その二十三」の二章を充てて詳細に説明しており、後に「寿阿弥の手紙」という文章を発表している事実からみて、森鷗外が、渋江抽斎の知己の中でも、特に好んだ人物であったことが分かる。彼によれば、「真志家五郎作は神田新石町の菓子商であった。水戸家の賄方《まかないかた》を勤めた家で、ある時代から故あって世禄三百俵を給せられていた。(中略)菓子商、用達《ようたし》の外、この人は幕府の連歌師《れんがし》の執筆をも勤めていた」と書き起こし、次の文章に続けている。

「五郎作は実家が江間氏で、一時長嶋氏を冒し、真志屋の西村氏を襲《つ》ぐに至った。名は秋邦、字は得入、空華《くうげ》、月所、如是縁庵《にょぜえんあん》等と号した。平生用いた華押《かおう》は邦の字であった。剃髪《ていはつ》して五郎作新発智《しんぼっち》東陽院寿阿弥陀仏曇𣝣《じゅあみだぶつどんちょう》と称した。曇𣝣とは好劇家たる五郎作が、音の似通った劇場の緞帳《どんちょう》と、入宋僧𣝣然《ちょうねん》の名などとを配合して作った戯号《げごう》ではなかろうか。

五郎作は劇神仙《げきしんせん》の号を宝田寿莱《じゅらい》に承けて、後にこれを抽斎に伝えた人だそうである」。

また、森鷗外は次のとおり記している。

「五郎作は文章を善くした。繊細の事を叙するに簡浄の筆を以てした。技倆《ぎりょう》の上から言えば、必ずしも馬琴、京伝に譲らなかった。ただ小説を書かなかったので、世の人に知られぬのである」。

続いて、森鷗外は五郎作、寿阿弥の書簡を買い求めたことも記している。しかも、五郎作についてはは続く「その二十三」も充てているので、どれほどに重視しているか、理解できるように思われる。ただ、「その二十三」には次の逸話も挟んでいるのが興味ふかい。

「文政六（一八二三）年四月二十九日の事である。まだ下谷長者町で薬を売っていた山崎の家へ、五郎作はわざわざ八百屋お七のふくさというものを見せに往った。ふくさは数代前に真志屋へ嫁入した嶋と云う女の遺物である。嶋の里方を河内屋半兵衛と云って、真志屋と同じく水戸家の賄方を勤め、三人扶持を給せられていた。お七の父八百屋市左衛門はこの河内屋の地借であった。嶋が屋敷奉公に出る時、穉《おさな》なじみのお七が七寸四方ばかりの緋縮緬《ひぢりめん》のふくさに、紅絹裏《もみうち》を附けて縫ってくれた。間もなく本郷森川宿のお七の家は天和二（一六八二）年十二月二十八日の火事に類焼した。お七は避難の間に情人と相識になって、翌年の春家に帰った後、再び情人と相見ようとして放火したのだそうである。お七は天和三（一六八三）年三月二十八日に、十六歳で刑せられた。嶋は記念《かたみ》のふくさを愛蔵して、真志屋へ持って来た。そして祐天上人《ゆうてんしょうにん》から受けた名号をそれに裹《つつ》んでいた。五郎作は新《あらた》にふくさの由来を白絹に書いて縫い附けさせたので、山崎に持って来て見せたのである」。

八百屋お七のふくさがそんな珍重されるべきものとは私には思われない。お七の所業は、私に限らず、現代に生きる人々には、あまりに幼稚で粗末、莫迦らしいとしか見えないのだが、お七の時代も、この五郎作の生きた時代も評価が今とは違っていた。井原西鶴が『好色五人女』で描いたお七も可憐であり、処刑されるさいの潔さが世人の同情を惹くものであったように書かれていたと記憶している。森鷗外がここで八百屋お七のふくさの話をことさらに書いたのも、五郎作や抽斎の生きていた時代の価値観の現代との違いが彼の注意をひいたからではないか。『渋江抽斎』の興趣はこのような時代風俗の違いを知ることにある。

「その二十四」では、石塚重兵衛について、屋号は鎌倉屋、芥子屋と呼ばれ、自身も芥子の臼を踏むことがあった、下谷豊住町に居住していたので、豊芥子と称し、この名で世に知られていた、という。しかし、この章の終りに至って、抽斎の年少の友人、森枳園《きえん》が初めて登場する。

「文化十四（一八一七）年に記念すべき事があった」と本章で森鷗外は言い、「それは抽斎と森枳園とが交を訂した事である。枳園は後年これを弟子入と称していた。文化四（一八〇七）年十一月生の枳園は十一歳になっていたから、十三歳の抽斎が十一歳の枳園を弟子に取ったことになる」。

交を訂するとは、交わりを結ぶことを意味する。森枳園は、名は立之、字は立夫、父の代から備後国福山の阿部家に仕えていた。これから、経籍訪古志の共著者となり、校正を行ったりした森枳園の生涯を辿ることになるわけだが、その数奇な生涯は『渋江抽斎』のきわめて魅力的な要素をなしている。実際、『渋江抽斎』が読者を魅了するのは、時代風俗、慣行などの現代とまるで異なることを知ることにあるが、同時に森枳園その他の多彩な人物が描かれていることにある。ここにいう多彩な人物の中には当然、抽斎の四人目の妻五百も含まれているが、彼らについては後に読むこととなる。さしあたり、森枳園の数奇な生涯を語る前に、渋江抽斎自身の半生を顧みなければならない。

2

抽斎は文政五（一八二二）年に家督相続、その前年に月並出仕、家督相続した年に御番目付、表医者と順調に出世し、家督相続と同時に一粒金丹の製法の伝授も受けている。

抽斎は文政六（一八二三）年、十九歳で妻を娶った。定は下野国佐野の浪人、尾嶋忠助の娘で、子婦《よめ》には貧家に成長して辛酸を嘗めた女を迎えたいという、父允成の意向によるものであった、と書かれている。この結婚により、文政九（一八二六）年十二月五日に嫡子恒善《つねよし》が生れたのだが、文政十二（一八二九）年十一月十一日に定は離別され、十二月十五日、二度目の妻、弘前藩留守居役百石比良野文蔵の娘、威能《いの》が迎えられた。

「抽斎の最初の妻定が離別せられたのは何故か詳《つまびらか》にすることが出来ない。しかし渋江の家で、貧家の女《むすめ》なら、こう云う性質を具えているだろうと予期していた性質を、定は不幸にして具えていなかったかも知れない」と森鷗外は「その二十六」に書いている。

この婚姻、離別について、いかにも渋江家は節操がない。最初の妻、定に対しいかにも酷い感がつよい。定がどういう性質を持っているかは、娶って二、三年も経てば分かったはずである。ほぼ七年も連れ添い、嫡男を産んだ後に離別したのは父允成の予期に反したからであるという。この時代の人だからといえば、それまでとはいえ、私たちの眼から見るとずいぶん非情な仕打ちである。しかも、この婚姻、離別について、抽斎が主体的に決断したようには見えない。定を離別してほぼ半年後に二度目の妻を迎えていることから見れば、抽斎は父の意のままに婚姻、離婚、再婚といった人生の重大事に対処したのではないか、という疑いがつよいと言わねばならない。

二度目の妻、威能について、森鷗外はこう書いている。

「定に代って渋江の家に来た抽斎の二人目の妻威能は、世要職《よよ》に居る比良野氏の当主文蔵を父に持っていた。貧家の女に懲りて迎えた子婦《よめ》であろう。そしてこの子婦は短命ではあったが、夫の家では人々に悦ばれていたらしい。何故そう云うかと云うに、後威能が亡くなり、次の三人目の妻がまた亡くなって、四人目の妻が商家から迎えられる時、威能の父文蔵は喜んで仮親になったからである。渋江氏と比良野氏との交誼《こうぎ》が、後に至るまで此《かく》の如くに久しく渝《かわ》らずにいたのを見ても、婦婿《よめむこ》の間にジソナンス（不調和の意）の無かったことが思い遣られる」。

渋江、比良野両家の間に交誼が続いたことは、比良野文蔵の侠気に富んだ人格によるものであり、両家の間に交誼が続いたという事実は威能が渋江家の人々に「悦ばれていた」ことの証拠にはなるまい。比良野文蔵に対する好意のために森鷗外は威能についても若干曲筆を弄しているようにみえる。

威能が亡くなったのは天保二（一八三一）年十月二日であった。抽斎は十二月四日に備後福山の城主阿部伊予守正寧に仕える医官岡西栄玄の娘、徳を娶った。徳の兄、玄亭は抽斎と同じく伊沢蘭軒の門人であった。この婚姻については、允成の意向というより、当時二十七歳になっていた抽斎の意志によるものと思われる。ただ、威能の歿後、僅かほぼ二月しか経っていないことを考えると、威能への愛情がどれほどのものであったか、疑わしい。私には威能が憐れに思われてならない。

天保四（一八三三）年四月、抽斎は、藩主信順に随って初めて弘前に赴き、翌年十一月十五日に帰京した。

この年には、森枳園が妻佐々木氏勝を娶っている。彼はこれより先、文政四（一八二一）年に父を亡くし、十五歳で家督を相続していた。

天保六（一八三五）年十一月五日に次男優善《やすよし》が生れた。この次男、優善は波乱に富んだ人生を過し、『渋江抽斎』において、四人目の妻、五百に次いで、森枳園らと並んで、生彩を放つことになる人物である。

翌年、天保七（一八三六）年、抽斎は近習格から近習詰に進んだ。その翌年から、抽斎は二冬弘前で過さなければならないこととなり、防寒のため、元来は嗜まなかった酒を飲み、晩酌をするようになった。煙草は生涯にわたり喫まなかった。獣肉も弘前の冬を越す間に食べるようになった。森鷗外は注していないけれども、獣肉とは猪の肉ではなかろうか。猪の肉は当時から江戸の庶民の間でかなり好まれていたようである。ただ、仔豚を飼育したという記述があるので、あるいは豚肉も食べたことがあるかもしれない。

3

ようやく森枳園の奇行について語る時が来たようである。森枳園の奇矯な行動、振舞いが渋江抽斎の人格や業績に関係するわけではない。枳園は経籍訪古志を抽斎と分担して書き、これが清朝中国の駐日公使の手によって刊行されたとき、校正を行ったことは前記したとおりであり、彼が抽斎の親しい友人であり、同学の士であったことは間違いない。だからといって、森枳園の半生をこれほど詳細に記述することが、渋江抽斎の伝記として必要であるのか、疑わしい。ただ、『渋江抽斎』の感興はこのような逸事の記述にあることは間違いないし、これも当時の時代風俗を知る感興を覚える事実であるので、森枳園の生涯の叙述を欠くならば、『渋江抽斎』の魅力が大いに減殺されると私は考えている。そこで森枳園については、どうしても、書きとめておかざるを得ないのである。「その二十七」に次の記述がある。

「抽斎のまだ江戸を発せぬ前の事である。徒士町《かちまち》の池田の家で、当主瑞長が父京水の例に倣《なら》って、春の初に発会式《ほっかいしき》と云うことをした。京水は毎年これを催して、門人を集《つど》えたのであった。然るに今年抽斎が往って見ると、名は発会式と称しながら、趣は全く異ってい て、京水時代の静粛は痕《あと》だに留《とど》めなかった。芸者が来て酌をしている。森枳園が声色《こわいろ》を使っている。抽斎は暫く黙して一座の光景を視ていたが、遂に容《かたち》を改めて主客の非礼を責めた。瑞長は大いに羞《は》じて、すぐに芸者に暇《いとま》を遣ったそうである」。

森枳園の奇行の一端として、発会の宴席で枳園が声色を演じていたことを示すために上記の引用をしたが、引用した記述から窺われる渋江抽斎という人物はずいぶんと謹厳実直、礼儀作法に厳しく、宴席の羽目を外した狼藉を非礼として咎めずにいられない人物であったようである。

「枳園は好劇家であった。単に好劇と云うだけなら、抽斎も同じ事である。しかし抽斎は俳優の技を、観棚《かんぼう》(見物席の意)から望み見て楽むに過ぎない。枳園は自らその科白《かはく》を学んだ。科白を学んで足らず、遂に舞台に登って栫子《つけ》(拍子木の意)を撃った。後には所謂相中《あいちゅう》の間に混じて、並大名《ならびだいみょう》などに扮し、また注進などの役をも勤めた」。なお、この文中の「相中」とは主役の後や脇に並び、格別の科白などはない役をいうようである。

「ある日阿部家の女中が宿に下って芝居を看に往くと、ふと登場している俳優の一人が養竹さんに似ているのに気が附いた。そう思って、と見こう見するうちに、女中はそれが養竹さんに相違ないと極めた。そして邸に帰ってから、これを傍輩《ほうばい》に語った。固《もと》より一の可笑《おか》しい事として語ったので、初より枳園に危害を及ぼそうとは思わなかったのである。

さてこの奇談が阿部邸の奥表に伝播して見ると、上役はこれを棄て置かれぬ事と認めた。そこでいよいよ君侯に稟《もう》して禄を褫《うば》うと云うことになってしまった」。

じつは、これからが森枳園の真骨頂ともいうべき処世である。「その二十八」から抜粋して記してみれば次のような生活であった。

「枳園は江戸で暫く浪人生活をしていたが、とうとう負債のために、家族を引き連れて夜逃げをした。恐らくはこの最後の策に出づることをば、抽斎にも打明けなかっただろう」。

「枳園は相摸国をさして逃げた。これは当時三十一歳であった枳園には、もう幾人《いくたり》かの門人があって、その中に相摸の人がいたのをたよって逃げたのである」。

「後に枳園の語った所によると、江戸を立つ時、懐中には僅に八百文の銭があったのだそうである。この銭は箱根の湯本に着くと、もう遣い尽していた。そこで枳園はとりあえず按摩《あんま》をした。上下《かみしも》十六文の糈銭《しょせん》（米を買う金の意）を獲《う》るも、猶已《や》むにまさったのである。啻《ただ》に按摩のみではない。枳園は手当り次第になんでもした。「無論内外二科、或為収生、或為整骨、至于牛馬雞狗之疾、来乞治者、莫不施術」と、自記の文に云ってある（「無論内外二科」以下の文章は、内外二科は無論のこと、或いは収生を為し、或いは整骨を為し、牛馬鶏犬の病に至るまで、治療を乞いに来るものは術を施さざる無し、と読む）。収生はとりあげ（出産のさいの嬰児の取り上げのこと）である。整骨は骨つぎである。獣医の縄張内にも立ち入った。医者の歯を治療するのをだに拒もうとする今の人には、想像することも出来ぬ事である。

老いたる祖母は浦賀で困厄の間に歿した。それでも跡に母と妻と子とがある。自己を併せて四人の口を、比の如き手段で糊《のり》しなくてはならなかった。しかし枳園の性格から推せば、この間に処して意気沮喪《そそう》することもなく、猶幾分のボンヌ、ユミヨオル（気質の良さの意）を保有していたであろう。

枳園はようよう大磯に落ち着いた。門人が名主をしていて、枳園を江戸の大先生として吹聴し、ここに開業の運に至ったのである。幾ばくもなくして病家の数が殖えた。金帛《きんはく》（金と絹の意）を以て謝することの出来ぬものも、米穀菜蔬《さいそ》を輸《おく》って庖厨《ほうちゅう》を賑《にぎわ》した。後には遠方から轎《かご》を以て迎えられることもある。馬を以て請《しょう》ぜられることもある。枳園は大磯を根拠地として、中、三浦両郡の間を往来し、ここに足掛十二年の月日を過すこととなった」。

森枳園の波乱に満ちた生涯を維新前と維新後に分ければ、ここまでで維新前の前半生の序の部分の記述を終えることとなる。そこで、渋江家の状況を見ることにしたい。

4

天保二（一八三一）年八月十五日に「抽斎の父允成は隠居料三人扶持を賜わった。これは従来寧親信順二公にかわるがわる勤仕していたのに、六月からは兼て岩城隆喜の室、信順の姉もと姫に、また八月からは信順の室欽姫《かねひめ》に伺候することになったからであろう」という。

「天保四（一八三三）年四月六日に、抽斎は藩主信順に随って江戸を発し、始めて弘前に往った。江戸に還ったのは、翌五年十一月十五日である。この留守に前藩主寧親が六十九歳で卒した。抽斎の父允成が四月朔に二人扶持の加増を受けて、隠居料五人扶持にせられたのは、特に寧親に侍せしめられたためであろう」という。允成はよほど篤い信頼を津軽家から寄せられていたものと思われる。「これは抽斎が二十九歳から三十歳に至る間の事である」と森鷗外は書いている。

天保七（一八三六）年には抽斎は近習格から近習詰《きんじゅうつめ》に進んだ。このような細かな階級の差別も徳川幕藩体制の特徴にちがいない。近習に任じられる前にじつに種々の段階を経なければならないのが当時の慣行であった。このような慣行によって身分制の秩序が保たれていたのである。この年、抽斎は三十一歳であった。本書の冒頭に引用した詩を書いた三十七歳まで六年しかない。詩作の三年後には躋寿館の講師になっているのだから、学者としての社会的評価と幕藩体制下の身分制度との間には大きな懸隔があったようである。

翌天保八（一八三七）年、「正月十五日に、抽斎の長子恒善が始て藩主信順に謁した。年甫《はじめ》て十二である。七月十二日に、抽斎は信順に随って弘前に往った。十月二十六日に、父允成が七十四歳で歿した。この年抽斎は三十三歳になった」と「その二十七」にあり、次の文章に続く。

「初め抽斎は酒を飲まなかった。然るにこの年藩主が所謂詰越《つめこし》をすることになった。例に依って翌年江戸に帰らずに、二冬を弘前で過すことになったのである。そこで冬になる前に、種々の防寒法を工夫して、豕《ぶた》の子を取り寄せて飼養しなどした。そのうち冬が来て、江戸で父の病むのを聞いても、帰省することが出来ぬので、抽斎は酒を飲んで悶《もん》を遣《や》った。抽斎が酒を飲み、獣肉を啖《くら》うようになったのはこの時が始である」。

「その二十八」には次の記述がある。

「抽斎は天保九（一八三八）年の春を弘前に迎えた。例の宿直日記に、正月十三日忌明《きあき》と書してある。父の喪が果てたのである。続いて第二の冬をも弘前で過して、翌天保十（一八三九）年に、抽斎は藩主信順に随って江戸に帰った。三十五歳になった年である。

この年五月十五日に、津軽家に代替があった。信順は四十歳で致仕して柳嶋の下屋敷に遷り、同じ齢《よわい》の順承が小津軽（支封黒石藩）から入って封を襲いだ。信順は頗《すこぶ》る華美を好み、ややもすれば夜宴を催しなどして、財政の窮迫を馴致《じゅんち》（徐々に招くこと）し、遂に引退したのだそうである。

抽斎はこれから隠居信順附にせられて、平日は柳嶋の館《やかた》に勤仕し、ただ折々上屋敷に伺候した」。

この記述からみると、信順の浪費により、弘前藩の財政が窮迫したため、信順は引退に追い込まれたようである。このような事態になる前に信順に諫言して浪費を慎むように促した、そんな気配は抽斎には見られない。そのような諫言ができるほどの立場になかった、と考えられないわけではないが、近習詰は近習に次ぐ地位であり、天保十四（一八四三）年には抽斎は近習に進むのだから、まして信順の引退後、信順附きを命じられたことからみて、信順と親しく会話する機会はいくらもあったにちがいない。そういう関係にありながら、信順を諫めた気配がないという意味で、抽斎は父允成やその祖先とは性格を異にしていたのではないか、と思われる。

さて、三度目の妻、徳について「その三十」はこう書き始めている。

「克己を忘れたことのない抽斎は、徳を叱《しか》り懲らすことは無かった。それのみでは無い。あらわに不快の色を見せもしなかった。しかし結婚してから一年半ばかりの間、これに親近せずにいた。そして弘前へ立った。初度の旅行の時の事である」。

「親近せずにいた」とは夫婦としての性的関係をもたなかった、ということであろう。徳を娶ったさい、森鷗外は「その二十九」において、「抽斎の岡西氏徳を娶ったのは、その兄岡西玄亭が相貌も才学も人に優れているのを見て、この人の妹ならと思ったからである」とあるから、徳を選んだのは父允成の意向によるというより、抽斎自身の意志によるものと思われるとはすでに記した。「然るに伉儷《こうれい》（夫婦の意）をなしてから見ると、才貌共に予期したようではなかった。それだけならばまだ好かったが、徳は兄には似ないで、却《かえ》って父栄玄の編狭《へんきょう》な気質を受け継いでいた」という。徳が抽斎の想像したような容貌をもっていなかったからといって、「親近せずにいた」というのは抽斎の身勝手であり、徳の責任ではない。抽斎の人格が問われても致し方あるまい。「その三十」に戻ると「さて抽斎が弘前にいる間、江戸の便《たより》がある毎に、必ず長文の手紙が徳から来た。留守中の出来事を、ほとんど日記のように悉《くわし》く書いたのである。抽斎は初め数行を読んで、直ちにこの書信が徳の自力によって成ったものでないことを知った。文章の背面に父允成の気質が歴々として見えていたからである。允成は抽斎の徳に親まぬのを見て、前途のために危んでいたので、抽斎が旅に立つと、すぐに徳に日課を授けはじめた。手本を与えて手習をさせる。日記を附けさせる。そしてそれに本づいて文章を作って、徳に筆を把《と》らせ、家内の事は細大となく夫に報ぜさせることにしたのである。抽斎は江戸の手紙を得る毎に泣いた。妻のために泣いたのでは無い。父のために泣いたのである」。

抽斎は徳のけなげさ、忠実に父允成の命じる所に従う誠実さに泣いても良かったはずである。允成にそれほど心配をかけるなら、徳にもっと親しむよう心がけようと思ってもよかったはずである。抽斎のこのような人間性を欠いた身勝手な振舞いに対して森鷗外がすこしも批判的でないことに私はつよい不満を感じる。おおむね、森鷗外は夫婦関係、その婚姻、離別などについて男性に好意的であるようである。ただ、主観をまじえることなく、客観的に事実を叙述することは森鷗外が史伝の執筆にさいして意識的に採用した手法であったかもしれないと解される余地があることは否定できない。抽斎と徳との関係について戻れば、事実としてどうなったか、森鷗外は続けてこう書いている。

「二年近い旅から帰って、抽斎は勉《つと》めて徳に親んで、父の心を安ぜようとした。それから二年立って優善《やすよし》が生れた。

尋《つ》いで抽斎は再び弘前へ往って、足掛三年淹留《えんりゅう》（長く滞在すること）した。留守に父の亡くなった旅である。それから江戸に帰って、中一年置いて好が生れ、その翌年また八三郎が生れた。徳は八三郎を生んで一年半立って亡くなった」。

徳が亡くなったのは弘化元（一八四四）年二月二十一日であった。好、八三郎の二人はいずれも、夭折している。

5

ようやく『渋江抽斎』の女主人公ともいうべき、五百がここで登場する。「その三十」における森鷗外の筆によれば、「徳の亡くなった跡へ山内氏五百が来ることになった。抽斎の身分は徳が往き、五百が来る間に変って、幕府の直参になった。交際は広くなる。費用は多くなる。五百は卒《にわか》にその中《うち》に身を投じて、難局に当らなくてはならなかった。五百が恰《あたか》も好しその適材であったのは、抽斎の幸《さいわい》である」ということになった。

ここで横道にそれるが、お目見え、将軍に謁見したことが直参になったことを意味するなら、抽斎と津軽家との関係はどうなるのであろうか。抽斎は依然として弘前藩の家臣であり続けていたようである。だからこそ、津軽家は祝宴のために三両の金額を抽斎に貸したのであろう。ところが、すでに指摘したとおり、弘化元（一八四四）年に抽斎は躋寿館の講師になり、式日に登城することとなり、次いで嘉永二（一八四九）年に将軍家慶に謁見して、所謂目見以上の身分になった。「幕府からは嘉永三（一八五〇）年以後十五人扶持出ることになり、安政元（一八五四）年にまた職務俸の如き性質の五人扶持が給せられ、年末ごとに賞銀五両が渡された」と「その二」に記載されている。このような処遇からみると、将軍に謁見すると直参と見做されるが、その職務としては躋寿館講師であるにとどまり、幕府に仕えるわけではない。職務としてはあくまで弘前藩に家臣として主君津軽家に仕える、ということであろうか。たとえば、将軍附きの侍医となれば、弘前藩の家臣としてとどまることはできないであろう。この時代の君臣の関係、ことに直参と目見との関係、これと職務の関係など、私には分かりにくいことが多い。

森鷗外の五百についての記述の続きを引用する。

「五百の父山内忠兵衛は名を豊覚と云った。神田紺屋町に鉄物問屋を出して、屋号を日野屋と云い、商標には井桁《いげた》の中に喜の字を用いた。忠兵衛は詩文書画を善くして、多く文人墨客に交り、財を捐《す》ててこれが保護者となった。

忠兵衛に三人の子があった。長男栄次郎、次女安、二女五百である。忠兵衛は允成の友で、嫡子栄次郎の教育をば、久しく抽斎に託していた。文政七八（一八二四、五）年の頃、当時允成が日野屋をおとずれて、芝居の話をすると、九つか十であった五百と、一つ年上の安とが面白がって傍聴していたそうである。（中略）

五百は文化十三（一八一六）年に生れた。兄栄次郎が五歳、姉安が二歳になっていた時である。忠兵衛は三人の子の次第に長ずるに至って、嫡子には士人たるに足る教育を施し、二人の女《むすめ》にも尋常女子の学ぶことになっている読み書き諸芸の外、武芸をしこんで、まだ小さい時から武家奉公に出した。中にも五百には、経学などをさえ、ほとんど男子に授けると同じように授けたのである」。

森鷗外が後に『伊沢蘭軒』の中で記述したとおり、日野屋には年給百両を受けていた通番頭が二人もいたという。つまり、五百の実家は江戸でも屈指の豪商であった。そうでなければ、渋江抽斎と結婚したさい、持参した衣装その他の嫁入道具類が、後にみるような豪奢なものではありえなかったのである。

将軍に「目見をしたものは、先ず祝宴を開くのが例になっていた。そしてこれに招くべき賓客の数もほぼ定まっていた。然るに抽斎の居宅には多く客を延《ひ》くべき広間が無いので、新築しなくてはならなかった」と「その三十八」にある。つまり、抽斎は将軍家慶に謁見したために、この陋習に従って、祝宴を開かなければならないことになったが、渋江家には祝宴の客を収容するに足る広間がなかったので、新築しなくてはならなかった、という。広間だけを新築したのではなく、居宅の全体を新築したようである。その費用の問題を五百が解決したと、前に記したが、森鷗外の「その三十八」における記述を引用すれば次のとおりである。

「五百の兄忠兵衛が来て、三十両の見積を以て建築に着手した。抽斎は銭穀《せんこく》（金銭と穀物をいうが、ひろく経済を意味するのではなかろうか）の事に疎いことを自知していたので、商人たる忠兵衛の言うがままに、これに経営を一任した。しかし忠兵衛は大家の若檀那《わかだんな》上《あが》りで、金を擲《なげう》つことにこそ長じていたが、靳《おし》んでこれを使うことを解せなかった。工事未だ半ならざるに、費す所は既に百数十両に及んだ。

平生金銭に無頓着であった抽斎も、これには頗る当惑して、鋸《のこぎり》の音槌《つち》の響のする中で、顔色は次第に蒼《あお》くなるばかりであった。五百は初から兄の指図を危みつつ見ていたが、この時夫に向って云った。

「わたくしがこう申すと、ひどく出過ぎた口をきくようではございますが、御一代に幾度と云うおめでたい事のある中で、金銭の事位で御心配なさるのを、黙って見ていることは出来ませぬ。どうぞ費用の事はわたくしにお任せなすって下さいまし。」

抽斎は目を瞠《みは》った。「お前そんな事を言うが、何百両と云う金は容易に調達せられるものでは無い。お前は何か当があってそう云うのか。」

五百はにっこり笑った。「はい。幾らわたくしが痴《おろか》でも、当なしには申しませぬ。」。

ここで「その三十九」に入り、五百は市野迷庵の甥光長の営む弁慶橋の質屋の手代を呼び「簞笥《たんす》長持から二百数十枚の衣類寝具を出して見せ」「遂に三百両を借ることが出来た」。

さらに森鷗外はこう続けている。

「三百両は建築の費《ついえ》を弁ずるには余ある金であった。しかし目見に伴う飲醼贈遺《いんえんぞうい》一切の費は莫大であったので、五百は終《つい》に豊芥子《ほうかいし》に託して、主なる首飾類を売ってこれに充てた。その状当《まさ》に行うべき所を行う如くであったので、抽斎は兎角の意見をその間に挟《さしはさ》むことを得なかった。しかし中心には深くこれを徳とした」。

何という莫迦げた出費を強いる慣習であったか、声を呑むばかりである。質入れしても受けだす金銭を調達できるはずはないから、結局は質流れになったにちがいない。

そこで、私は先代忠兵衛、五百の父の五百の兄、当代忠兵衛に対する教育方針がまったく間違っていたと考える。襲名前は栄次郎という名であった兄には先代忠兵衛は「士人たるに足る教育を施した」という。五百の実家のような豪商の後継者たるには、丁稚小僧の修行は必要ないにしても、番頭を使いこなすに足る営業上の知識や秘訣が必要である。たとえば、取り扱う商品は別種のものであっても、やはり大店に住み込み、番頭の見習いのような訓練が必要であったのではないか。商品の需要の予測、商品価格の値上がり、値下がりの見極め、値付け、買付け、顧客との応対、その他大店の営業に必須な知識、秘訣の類は多様で、かつ習得することは容易でない。先代は栄次郎にこのような知識、秘訣の類を会得するような教育が必要であるのに、むしろ嫡子を教養人に育てようとしたのであった。そして、その結果は栄次郎を怠惰な遊び好きの人間にしたのであった。いわば教育方針が決定的に間違っていたのである。

五百が渋江抽斎と結婚したさいの嫁入り道具については「その三十五」に記されている。

以下に引用する。

「五百が抽斎に帰《とつ》いだ時の支度は立派であった。日野屋の資産は兄栄次郎の遊蕩によって傾き掛かってはいたが、先代忠兵衛が五百に武家奉公をさせるために為向《しむ》けて置いた首飾、衣服、調度だけでも、人の目を驚かすに足るものがあった。今の世の人も奉公上りには支度があると云う。しかしそれは賜物《たまわりもの》を謂うのである。当時の女子はこれに反して、主に親の為向けた物を持っていたのである。五年の後に夫が将軍に謁した時、五百はこの支度の一部を沽《う》って、夫の急を救うことを得た」。

質入れして三百両になった衣類等や豊芥子に託して売った首飾などは五百の嫁入りのさいに持参した支度の一部にすぎない、というわけである。

将軍家慶に謁見したことに始まる一連の出来事はまことに愚劣極まるという感がつよいが、これが江戸末期の風俗、慣行と見れば、興趣がふかいことは事実である。そこで、五百が抽斎の四度目の妻として娶られるまでの彼女の半生をふりかえることとする。

6

「その三十一」は次のとおりの逸話に始まる。

「五百は十一二歳の時、本丸に奉公したそうである。年代を推せば、文政九（一八二六）年か十年かでなくてはならない。徳川家斉が五十四五歳になった時である。御台所《みだいどころ》は近衛経凞《けいき》の養女茂姫である。

五百は姉小路と云う奥女中の部屋子《へやこ》であったと云う。姉小路と云うからには上臈《じょうろう》であっただろう。然らば長局《ながつぼね》の南一の側に、五百はいたはずである。五百等が夕方になると、長い廊下を通って締めに往かなくてはならぬ窓があった。その廊下には鬼が出ると云う噂があった。鬼とはどんな物で、それが出て何をするかと云うに、誰も好くは見ぬが、男の衣を着ていて、額に角が生えている。それが礫《つぶて》を投げ掛けたり、灰を蒔《ま》き掛けたりすると云うのである。そこでどの部屋子も窓を締めに往くことを嫌って、互に譲り合った。五百は穉《おさな》くても胆力があり、武芸の稽古をもしたことがあるので、自ら望んで締めに往った。

暗い廊下を進んで行くと、果してちょろちょろと走り出たものがある。おやと思う間もなく、五百は片頬《かたほお》に灰を被った。五百には咄嗟《とっさ》の間に、その物の姿が好くは見えなかったが、どうも少年の悪作劇《いたずら》らしく感ぜられたので、五百は飛び附いて摑《つか》まえた。

「許せ許せ」と鬼は叫んで身をもがいた。五百はすこしも手を弛《ゆる》めなかった。そのうちに外の女子達が馳《は》け附けた。

鬼は降伏して被っていた鬼面を脱いだ。銀之助様と称えていた若君で、穉くて美作国《みまさかのくに》西北条郡津山の城主松平家に婿入《むこいり》した人であったそうである。

「五百の本丸を下《さが》ったのは何時だかわからぬが、十五歳の時にはもう藤堂家に奉公していた。五百が十五歳になったのは、天保元(一八三〇)年である。もし十四歳で本丸を下ったとすると、文政十二(一八二九)年に下ったことになる。

五百は藤堂家に奉公するまでには、二十幾家と云う大名の屋敷を目見して廻ったそうである。その頃も女中の目見は、君臣を択ばず、臣君を択ぶと云うようになっていたと見えて、五百が此の如くに諸家の奥へ覗きに往ったのは、到処《いたるところ》で斥けられたのではなく、自分が仕うることを肯《がえん》ぜなかったのだそうである」。

このような風習も私には目新しく『渋江抽斎』によって初めて知ったことであった。このような風俗・慣行を教えられることが『渋江抽斎』を読むことの意義ではないか、と私は考える。それはともかくとして、二十幾家を経廻る中に五百が仕えようと思った家があったそうである。それは土佐高知の山内家であった。

「五百が鍛冶橋《かじばし》内の上屋敷へ連れられて行くと、外の家と同じような考試に逢った。それは手跡、和歌、音曲の嗜《たしなみ》を験《ため》されるのである。試官は老女である。先ず硯箱《すずりばこ》と色紙《しきし》とを持ち出して、老女が「これに一つお染《そめ》を」と云う。五百は自作の歌を書いたので、同時に和歌の吟味も済んだ。それから常磐津《ときわず》を一曲語らせられた。此等の事は他家と何の殊なることもなかったが、女中が悉《ことごと》く綿服であったのが、五百の目に留まった。二十四万二千石の大名の奥の質素なのを、五百は喜んだ。そしてすぐにこの家に奉公したいと決心した」。

筆で書くことを染筆ということは知っていたが、相手に書いてもらいたい、という意志を伝えるのに「お染を」と言うとは無学な私が初めて知ったことである。筆跡を試すことは奥女中の採用にさいして必須であろうし、和歌の嗜みも望ましいであろう。ただ、常磐津をうたえることまで必要であろうか。常磐津でなく、長唄でもよいのかもしれないが、こうした遊芸の素養まで持つことを要求するのは大名家の側の傲りというべきではないか。

このような習慣を知ることも『渋江抽斎』を読むことにより得られる愉しさといってよい。ただし、常磐津までうたわせるのが考試にさいして必須であったか、どうか、私は疑問を感じる。

それにしても、十一歳か十二歳で本丸に勤仕しはじめた五百は何時、和歌を嗜むことを習得し、また、常磐津の稽古を受けたのであろうか。森鷗外は、五百の経学の師は佐藤一斎、筆札（筆蹟の意）の師は生方鼎斎《うぶかたていさい》、絵画の師は谷文晁、和歌の師は前田夏蔭《なつかげ》と記し、「教を受けるには、宿に下る度毎に講釈を聴くとか、手本を貰って習って清書を見せに往くとか、兼題の歌を詠んで直して貰うとか云う稽古の為方《しかた》であっただろう」と書いている。さらに森鷗外は「五百は鼎斎を師とした外に、近衛予楽院と橘《たちばなの》千蔭《ちかげ》との筆跡を臨摸《りんも》したことがあるそうである」と書き添えている。五百はその能書もひろく知られていたが、このことについては、また後にふれる機会があるであろう。常磐津の師については、森鷗外はふれていない。ただ、しかるべき師匠について学んだにちがいない。それも充分な時間を費やしたわけではないだろう。五百という女性はまことに異能の人であった。

少し先走るが、同じ「その三十四」に森鷗外は「藤堂家で武芸のために男之助と呼ばれた反面には、世間で文学のために新少納言《しんしょうなごん》と呼ばれたと云う一面がある。同じ頃狩谷棭斎の女俊《たか》に少納言の称があったので、五百はこれに対《むか》えてかく呼ばれたのである」と書いている。狩谷家の娘、たかについては後にふれるつもりである。いずれにせよ、二人とも清少納言に匹敵する才媛という評判を得ていたのである。

こうして五百としては土佐藩山内家に仕える決心をしたのだが、藩主の家紋も三葉柏、五百の実家も同じ三葉柏であったことから、五百は家紋の使用を控えるように命じられ、五百の父がこれに反対したため、五百が山内家に勤仕することは取りやめになり、伊勢国津の城主、藤堂家に勤仕することになった。藤堂家は三十二万三千九百五十石の禄高を受けていた。

「五百はすぐに中臈《ちゅうろう》にせられて、殿様附と定まり、同時に奥方祐筆《ゆうひつ》を兼ねた。（中略）この時五百はまだ十五歳であったから、尋常ならば女小姓に取らるべきであった。それが一躍して中臈を贏《か》ち得たのは破格である。女小姓は茶、烟草《たばこ》、手水《ちょうず》などの用を弁ずるもので、今云う小間使である。中臈は奥方附であると、奥方の身辺に奉仕して、種々の用事を弁ずるものである。幕府の慣例ではそれが転じて将軍附となると、妾《しょう》になったと見ても好い。しかし大名の家では奥方に仕えずに殿様に仕えると云うに過ぎない。祐筆は日記を附けたり、手紙を書いたりする役である」。

僅か十五歳かそこらで祐筆が務まるということもおそるべき早熟の才能であり、学識である。

「五百は藤堂家で信任せられた。勤仕未だ一年に満たぬのに、天保二（一八三一）年の元日には中臈頭《ちゅうろうがしら》に進められた。中臈頭はただ一人しか置かれぬ役で、通例二十四五歳の女が勤める。それを五百は十六歳で勤めることになった」。

こう書いて後、森鷗外は、五百が藤堂家に十年間奉公して、天保十（一八三九）年に父忠兵衛の病気のため暇をとったという。この年、十二月、忠兵衛は死歿したのだが、藤堂家を辞して帰った日野屋は容易ならぬ事態になっていた。五百の姉安は横山町の産物問屋長尾宗右衛門に嫁いでいたが、宗右衛門は「酒を飲んで遊んでいて、自分の産を治することをさえ忘れていた」という人物であった。

誰にもまして、困惑させた存在は嫡子栄次郎であった。森鷗外の記述するところを見る。「栄次郎は初め抽斎に学んでいたが、尋いで昌平黌《しょうへいこう》に通うことになった。安の夫になった宗右衛門は、同じ学校の諸生仲間で、しかもこの二人だけが許多《あまた》の士人の間に介《はさ》まっていた商家の子であった。譬《たと》えて云って見れば、今の人が華族でなくて学習院に入っているようなものである。

五百が藤堂家に仕えていた間に、栄次郎は学校生活に平《たいらか》ならずして、吉原通をしはじめた。相方は山口巴《ともえ》の司《つかさ》と云う女であった。五百が屋敷から下る二年前に、栄次郎は深入をして、とうとう司の身受をすると云うことになったことがある。忠兵衛はこれを聞き知って、勘当しようとした。しかし救解のために五百が屋敷から来たので、沙汰罷《さたやみ》になった。

然るに五百が藤堂家を辞して帰った時、この問題が再燃していた。

栄次郎は妹の力に憑《よ》って勘当を免れ、暫く謹慎して大門を潜らずにいた。その隙《ひま》に司を田舎大尽《いなかだいじん》が受け出した。栄次郎は鬱症《うつしょう》になった。忠兵衛は心弱くも、人に栄次郎を吉原へ連れて往かせた。この時司の禿《かぶら》であった娘が、浜照と云う名で、来月突出《つきだし》（遊女が客を取り始めること）になることになっていた。栄次郎は浜照の客になって、前よりも盛な遊をしはじめた。忠兵衛はまた勘当すると言い出したが、これと同時に病気になった。栄次郎もさすがに驚いて、暫く吉原へ往かずにいた。これが五百の帰った時の現状である」。

さて「その三十四」は次のとおり始まる。

「五百は父忠兵衛をいたわり慰め、兄栄次郎を諫め励まして、風浪に弄《もてあそ》ばれている日野屋と云う船の柁《かじ》を取った。そして忠兵衛の異母兄で十人衆を勤めた大孫某を証人に立てて、兄をして廃嫡を免れしめた。

忠兵衛は十二月七日に歿した。日野屋の財産は一旦忠兵衛の意志に依って五百の名に書き更えられたが、五百は直ちにこれを兄に返した」。

7

ここで、五百が抽斎に嫁ぐ経緯を読むことになるが、これは五百の意図したところであり、誰の斡旋によるものでもなかった。

「五百は藤堂家を下ってから五年目に渋江氏に嫁した。穉《おさな》い時から親しい人を夫にするのではあるが、五百の身に取っては、自分が抽斎に嫁し得ると云うポッシビリテエの生じたのは、三月に岡西氏徳が亡くなってから後の事である」。

渋江抽斎は五百の父忠兵衛から嫡男栄次郎の教育を依頼された。忠兵衛は栄次郎を士人たるべく教育してもらうつもりであったが、士人どころか、手に負えない遊蕩児に育ててしまったのだから、抽斎は教育者としてまったく失格であった。しかし、伊沢蘭軒門下の俊才として学識に富む抽斎に五百は惚れ込んでいたにちがいない。成人してからの抽斎の容姿について『渋江抽斎』に記述があったようには憶えていないが、五歳のころまで、旧藩主夫人に愛され、ほとんど日毎に召し寄せられて、側で遊ぶのを旧藩主夫人が見て喜んだという趣旨の記述のあることは前に記したが、幼少のころの可憐児は成長してからも容姿がすぐれていたのではないか。

森鷗外の記述の続きを読む。

「常に往来していた渋江の家であるから、五百は徳の亡くなった三月から、自分の嫁して来る十一月までの間にも、抽斎を訪うたことがある。未婚男女の交際とか自由結婚とか云う問題は、当時の人は夢にだに知らなかった。立派な教育のある二人が、男は四十歳、女は二十九歳で、多く年を閲した友人関係を棄てて、遽《にわか》に夫婦関係に入ったのである。当時においては、醒覚《せいかく》せる二人の間に、此の如く婚約が整ったと云うことは、絶て無くして僅に有るものと謂って好かろう。

わたくしは鰥夫《おとこやもめ》になった抽斎の許へ、五百の訪《とぶら》い来た時の緊張したシチュアションを想像する。そして保さんの語った豊芥子の逸事を憶い起して可笑《おか》しく思う。五百の渋江へ嫁入する前であった。ある日五百が来て抽斎と話をしていると、そこへ豊芥子が竹の皮包を持って来合せた。そして包を開いて抽斎に鮓《すし》を薦め、自分も食い、五百に是非食えと云った。後に五百は、あの時程困ったことは無いと云ったそうである」。

私には何故五百が困ったのか、まったく理解できない。識者の教えを乞いたいと思う。ただ、立派な教育のある二人が、男は四十歳、女は二十九歳で、多く年を閲した友人関係を棄てて、遽に夫婦関係に入った、という記述からみると、二人は当時すでに事実上夫婦関係になっていたのであろう。森鷗外がここで「婚約」と言っているのは事実上の婚姻を意味すると解されるのではないか。嫁入り後の妻ならば、あるいは、客の持参したものは遠慮するかもしれない。事実上の妻の立場としてはどうしたらよいか、困惑したということであろうか。そう考えてもなお、私には五百が何故困惑したか、理解できない。

『伊沢蘭軒』に、先にふれた狩谷棭斎の次女たかと五百に関する記述があるので、ここで読んでおきたい。蘭軒の次男、伊沢柏軒と狩谷たかは共に二十七歳で結婚した。森鷗外は「その二百十六」に以下のとおり書いている。

「たかは善く書を読んだ。啻《ただ》に国文を誦するのみではなく、支那の典籍にも通じていた。現に徳さんの姉良子刀自は、たかが子に授けむがために自ら書した蒙求を蔵している。拇指大の楷書である。女文字に至っては当時善書の聞があった。連綿草を交えた仮名の散らし書の消息数通、細字の文稿二三巻もまた良子刀自の許にある。蘭軒の姉正宗院と云い、このたかと云い、渋江抽斎の妻五百と云い、仮名文の美しきことは歎賞すべきである。たかは折々父棭斎に代って歌を書いた。そして人はそのいずれか棭斎にしていずれかたかなるを弁ずることを得なかった。たかは歌を詠じ、文章を書いた。

たかは夙《はや》く今少納言と称せられ、また単に少納言と呼ばれた。それゆえ後に山内氏五百が才名を馳せた時、人が五百を新少納言と呼んだ。たかの少納言に対《むか》えて呼んだのである。たかは五百より長ずること七歳であった。渋江保さんは両少納言の初て相見た時の事を母に聞いている。これは大勢で川崎の大師に詣でた時で、二人を紹介したのは磯野勝五郎即《すなわち》後の石川貞白であった。五百は後に「思った程美しくはなかった」と云った。たかは背が低かったそうである。

たかは諸芸に通じていて、ただ音楽を解せなかった」。

これまでは今少納言たかと新少納言五百の能力、学識などの比較のようにみえる。たかは常磐津を語ることはできなかったろう。五百も父忠兵衛の方針にしたがい、たかと同じく、中国古典籍にも通じていたはずである。

続く記述こそが二人に共通の資質であり、ことさらに私が『伊沢蘭軒』に言及している所以である。すなわち、森鷗外はこう書いている。

「たかの柏軒に嫁したのは、自ら薦めたのだそうである。「盤安さんがわたしを女房に持ってくれぬかしら」とは、たかのしばしば口にした所であった」（盤安が柏軒の前号であることはいうまでもあるまい）。

ここまでは「その二百十六」における記述だが、次の「その二百十七」で森鷗外は次の感想を述べている。

「これを読むものは、たかの性行中より、彷彿として所謂新しき女の面影を認むるであろう。後に抽斎に嫁した山内氏五百もまた同じである。この二人は皆自ら夫を択んだ女である。わたくしは所謂新しき女は明治大正に至って始て出でたのではなく、昔より有ったと謂《おも》う。そしてわたくしの用いるこの称《となえ》には貶斥《へんせき》の意は含まれておらぬのである」。

『渋江抽斎』に戻り、五百の嫁入りの記述「その三十五」は以下のとおりである。

「五百は抽斎に嫁するに当って、比良野文蔵の養女になった。文蔵の子で目附役になっていた貞固《さだかた》は文化九（一八一二）年生で、五百の兄栄次郎と同年であったから、五百はその妹になったのである。然るに貞固は姉威能の跡に直る五百だからと云うので、五百を姉と呼ぶことにした。貞固の通称は祖父と同じ助太郎である。

文蔵は仮親になるからは、真《まこと》の親と余り違わぬ情誼《じょうぎ》がありたいと云って、渋江氏へ往く三箇月許《ばかり》前に、五百を我家に引き取った。そして自分の身辺に居らせて、煙草を填《つ》めさせ、茶を立てさせ、酒の酌をさせなどした」。

この文蔵の子息、貞固は渋江家の家族が生涯にわたり信頼できる知己となった。こうして抽斎は五百を娶ることになったわけである。弘化元（一八四四）年十一月であった。

その五年後、抽斎は将軍家慶に謁見し、祝宴を催すため、新築を余儀なくされ、五百の兄、二代目忠兵衛に依頼して見積りとははるかにかけ離れた莫大な費用をかけることになり、五百が嫁入り道具の一部を売って、後始末をしたことは前述のとおりである。ただ、兄栄次郎が父忠兵衛の晩年、遊蕩のため、忠兵衛、五百を悩ませ、商売に打ち込む気配はなかったのだから、五百が祝宴のための新築にさいして、栄次郎の見積にしたがって、工事に着手し、采配をふるわせたことは何としても納得できない。抽斎が栄次郎の行状を知らなくても、五百は充分承知していたのだから、まことに不可解といわねばならない。

さて、抽斎については、『伊沢蘭軒』の「その三百三十」にその人柄を推察するに足ると思われる記述があることに気づいたので、補足しておきたい。以下は蘭軒の次男、柏軒に関連して、柏軒門下の志村玄叔が語ったところである。

「柏軒先生は講書の日を定めていても、病家の歴訪すべきものが多かったので、日歿後に至って帰り、講説は縦《たと》い強て諸生の求に応じても、大抵粗枝大葉に過ぎなかった。（中略）そこでわたくし共は柏軒先生の許を請うて、抽斎先生の講筵に列した。抽斎先生は毎月六度ないし九度の講義日を定めて置いて、決して休まなかった。わたくし共は寒暑を問わず、午食後に中橋の塾を出て、徒歩して本所へ往った。夏の日にはわたくし共は往々聴講中に眠を催した。すると抽斎先生は、大分諸君は倦んで来たようだ、少し休んで茶でも喫むが好いと云って、茶菓を供した。少焉《しばらく》して、さあ、睡魔が降伏したら、もう少し遣ろうと云って講説した。酒を饗することは稀であった」。

抽斎は弟子に対して厳格ではあったが、心遣いがこまやか、寛恕であった。五百の夫にふさわしい人格であったようである。

さて、「その三十五」には次の記述がある。

「弘化二（一八四五）年から嘉永元（一八四八）年までの間、抽斎が四十一歳から四十四歳までの間には、渋江氏の家庭に特筆すべき事が少かった。五百の生んだ子には、弘化二年十一月二十六日生の三女棠《とう》、同三年十月十九日生れの四男幻香、同四年十月八日生れの四女陸《くが》がある。四男は死んで生れたので、幻香水子はその法諡《ほうし》である。陸は今の杵屋勝久さんである。嘉永元年十二月二十八日には、長男恒善が二十三歳で月並出仕を命ぜられた」。

このように渋江家は順調であったが、大きく変化したのは五百の実家日野屋であった。森鷗外は以下のように記している。

「五百の里方では、先代忠兵衛が歿してから三年程、栄次郎の忠兵衛は謹慎していたが、天保十三（一八四二）年に三十一歳になった頃から、また吉原へ通いはじめた。相方は前の浜照であった。そして忠兵衛は遂に浜照を落籍させて妻にした。尋《つ》いで弘化三（一八四六）年十一月二十二日に至って、忠兵衛は隠居して、日野屋の家督を僅に二歳になった抽斎の三女棠に相続させ、自分は金座の役人の株を買って、広瀬栄次郎と名告《なの》った」。

五百が抽斎に嫁したころは日野屋は江戸でも屈指の豪商であった。だからこそ、五百の嫁入道具も豪奢をきわめていた。五百の父、忠兵衛が天保十（一八三九）年十二月に歿して後、弘化三（一八四六）年十一月まで僅か七年に足りない。まともな後継者に恵まれないと、どれほどの豪商であっても廃業に追い込まれるのである。『渋江抽斎』を読んで教えられることの一つは、このような具体的な事例から栄枯盛衰を知ることである。なお、私の見解では、栄次郎が日野屋を廃業に至らしめたのは、吉原通い、浜照の落籍といった遊蕩ではない。商売に情熱を持つことができない性分であったためであろう。その所以の一部は先代忠兵衛の教育方針の間違いにあったと私は考える。

第三章

1

私たちは、江戸時代は身分が固定された社会だったという観念を抱きがちだが、『渋江抽斎』に描かれた森枳園の生涯を瞥見すると、実態はむしろかなり融通性のある、出自の身分に必ずしも拘束されない、出自の身分から相当自由な社会だったのではないかと思われる。これまで彼の半生の序章ともいうべき歳月を読んできたので、これに続く、森枳園の生涯の前期というべき、明治維新以前の彼の半生を辿ることにしたい。

森鷗外は『渋江抽斎』の「その三十六」に次のとおり記している。

「森枳園は大磯で医業が流行するようになって、生活に余裕も出来たので、時々江戸へ出た。そしてその度毎に一週間位は渋江の家に舎《やど》ることになっていた。枳園の形装は決してかつて夜逃をした土地へ、忍びやかに立ち入る人とは見えなかった。保さんの記憶している五百の話によるに、枳園はお召縮緬《めしちりめん》の衣《きもの》を着て、海老鞘《えびざや》の脇指《わきざし》を差し、歩くに褄《つま》を取って、剥身絞《むきみしぼり》の褌《ふんどし》を見せていた。もし人がその七代目団十郎を贔屓《ひいき》にするのを知っていて、成田屋と声を掛けると、枳園は立ち止まって見えをしたそうである。そして当時の枳園はもう四十男であった。尤《もっと》もお召縮緬を着たのは強《あなが》ち奢侈と見るべきではあるまい。一反二分一朱か二分二朱であったと云うから、着ようと思えば着られたのであろうと、保さんが云う」。

一分は一両の四分の一、一朱は一分の四分の一、銭でいえば百五十文だが、当時の物価で、どれほど高価であったか、廉価であったかは分からない。ただ、『渋江抽斎』の「その四十」に比良野貞固がのだ平《へい》の蒲鉾を嗜んだと記し、これは贅沢品で、鰻の丼が二百文、天麩羅蕎麦が三十二文、盛掛が十六文するとき、一板二分二朱であった、と書かれている。のだ平と云う店の蒲鉾がよほど高価だったことの例だが、この価格から見ると、お召縮緬一反二分一朱か二分二朱は必ずしも奢侈とはいえないかもしれない。それにしても、当時の鰻丼に比べても、のだ平と云う店の蒲鉾の高価なことには驚かざるをえない。森枳園に関する叙述に戻る。

「枳園の来て舎る頃に、抽斎の許にろくと云う女中がいた。ろくは五百が藤堂家にいた時から使ったもので、抽斎に嫁するに及んで、それを連れて来たのである。枳園は来り舎る毎に、この女を追い廻していたが、とうとうある日逃げる女を捉《とら》えようとして大行燈《おおあんどう》を覆し、畳を油だらけにした。五百は戯《たわむれ》に絶交の詩を作って枳園に贈った。当時ろくを揶揄《からか》うものは枳園のみでなく、豊芥子も訪ねて来る毎にこれに戯れた。しかしろくは間もなく渋江氏の世話で人に嫁した。

枳園はまた当時纔《わずか》に二十歳を踰《こ》えた抽斎の長男恒善の、所謂おとなし過ぎるのを見て、度々吉原へ連れて往こうとした。しかし恒善は聴かなかった。枳園は意を五百に明かし、母の黙許と云うを以て恒善を動そうとした。しかし五百は夫が吉原に往くことを罪悪としているのを知っていて、恒善を放ち遣ることが出来ない。そこで五百は幾たびか枳園と論争したそうである。

枳園が此の如くにしてしばしば江戸に出たのは、遊びに出たのではなかった。故主の許に帰参しようとも思い、また才学を負うた人であるから、首尾好くは幕府の直参にでもなろうと思って、機会を窺《うかが》っていたのである。そして渋江の家はその策源地であった。

卒《にわか》に見れば、枳園が阿部家の古巣に帰るのは易く、新に幕府に登庸せられるのは難いようである。しかし実況にはこれに反するものがあった。枳園は既に学術を以て名を世間に馳せていた。就中《なかんずく》本草に精しいと云うことは人が皆認めていた。阿部伊勢守正弘はこれを知らぬではない。しかしその才学のある枳園の軽佻《けいちょう》を忌む心が頗《すこぶ》る牢《かた》かった。多紀一家殊に茝庭《さいてい》はややこれと趣を殊にしていて、ほぼこの人の短を護して、その長を用いようとする抽斎の意に賛同していた。

枳園を帰参させようとして、最も尽力したのは伊沢榛軒、柏軒の兄弟であるが、抽斎もまた福山の公用人服部九十郎、勘定奉行小此木伴七《おこのぎばんしち》、大田、宇川等に内談し、また小嶋成斎等をして説かしむること数度であった。しかしいつも藩主の反感に阻《さまた》げられて事が行われなかった。そこで伊沢兄弟と抽斎とは先ず茝庭の同情に愬《うった》えて幕府の用を勤めさせ、それを規模（手本の意）にして阿部家を説き動そうと決心した。そして終《つい》にこの手段を以て成功した。

この期間の末の一年、嘉永元（一八四八）年に至って枳園は躋寿館の一事業たる千金方校刻を手伝うべき内命を贏《か》ち得た。そして五月には阿部正弘が枳園の帰藩を許した」。

以上は「その三十六」の全文である。省略してよいと思われる個所がなかったので、全文を転記することになったのである。この種の客観的な叙述については森鷗外はじつに名手である。冗語の一語もない、その筆致は感嘆にたえない。それはともかくとして、森枳園は、その奇行にもかかわらず、知己・友人たちに恵まれていたので、帰藩がかなったのである。「その三十七」でもなお森枳園の話が続く。

「阿部家への帰参が愜《かな》って、枳園が家族を纏《まと》めて江戸へ来ることになったので、抽斎はお玉が池の住宅の近所に貸家のあったのを借りて、敷金を出し家賃を払い、応急の器什《きじゅう》を買い集めてこれを迎えた。枳園だけは病家へ往かなくてはならぬ職業なので、衣類も一通持っていたが、家族は身に着けたものしか持っていなかった。枳園の妻勝の事を、五百があれでは素裸と云っても好いと云った位である。五百は髪飾から足袋下駄《げた》まで、一切揃えて贈った。それでも当分のうちは、何か無いものがあると、蔵から物を出すように、勝は五百の所へ貰いに来た。ある日これで白縮緬《しろちりめん》の湯具《ゆぐ》(腰巻の意)を六本遣ることになると、五百が云ったことがある。五百がどの位親切に世話をしたか、勝がどの位恬然《てんぜん》として世話をさせたかと云うことが、これによって想像することが出来る。また枳園に幾多の悪性癖があるに拘らず、抽斎がどの位、その才学を尊重していたかと云うことも、これによって想像することが出来る」。

枳園の非常識な行動にもかかわらず、伊沢榛軒、柏軒の兄弟、渋江抽斎らが枳園の帰参に尽力したのは、彼の才能、学識を高く評価していたからだが、その妻、勝の無礼には正当化できる理由がない。おそらく森枳園は家庭においても無法無軌、彼の家庭にはおよそ秩序というべきものがなかったのではないか。

彼が阿部家に正式に帰参したのが何時かははっきりしない。一方で、安政元（一八五四）年一月、枳園は躋寿館の講師に任じられた。

さらに、その後になるが、枳園は安政五（一八五八）年十二月五日に将軍家茂に謁見した。お目見えしたわけである。したがって、枳園は幕末に至るまで平穏に過し、然るべき処遇を受けたとみてよいだろう。

この年八月二十八日に渋江抽斎が死去したが、それ以前に、語るべきことが多い。幕末までの森枳園に関する記述はここで終わり、別の話題に移ることとする。

2

嘉永二（一八四九）年三月、抽斎が江戸城に登城し将軍家慶に謁見し、このお目見えの結果、祝宴を催したこととこれに関する事柄はすでに記したので、くりかえさない。

翌嘉永三（一八五〇）年、「抽斎が三月十一日に幕府から十五人扶持を受くることとなった。藩禄等は凡て旧に依るのである」とある。抽斎は津軽家に仕えると同時に直参として徳川家からも扶持を受けることとなったわけである。しかし、十人扶持は給されるだけで、義務を伴わなかったのかもしれない。もし仕える主人が二人いて、両立できない仕事を命じられたらどういうことになるか、私にはこの幕藩体制末期の秩序がどういうものであったのか、どのような組織であったか、理解できない。

同じ年の四月に五百が抽斎に嫁したさいに仮親になった比良野文蔵が死歿し、嫡子貞固が跡を継いで留守居役になった。『渋江抽斎』の「その三十九」に次のとおりの説明がある。

「当時江戸に集っていた列藩の留守居は、宛然《えんぜん》たるコオル、ジプロマチック（外交団の意）を形《かたちづく》っていて、その生活は頗《すこぶ》る特色のあるものであった。そして貞固の如きは、その光明面を体現していた人物と謂っても好かろう。

衣類を黒紋附に限っていた糸鬢奴《いとびんやっこ》の貞固は、素《もと》より読書の人ではなかった。しかし書巻を尊崇して、提挈《ていけつ》（日常生活の規範の意）をその中に求めていたことを思えば、留守居中稀有《けう》の人物であったのを知ることが出来る。貞固は留守居に任ぜられた日に、家に帰るとすぐに、折簡（全紙を二つ折りして書いた略式の書簡をいう）して抽斎を請《しょう》じた。そして容《かたち》を改めて云った。

「わたくしは今日父の跡を襲《つ》いで、留守居役を仰付けられました。今までとは違った心掛がなくてはならぬ役目と存ぜられます。実はそれに用立つお講釈を承わりたさに、御足労を願いました。あの四方に使して君命を辱《はずかし》めずと云うことがございましたね。あれを一つお講じ下さいますまいか。」

「先ず何よりもおよろこびを言わんではなるまい。さて講釈の事だが、これはまた至極のお思附だ。委細承知しました」と抽斎は快く諾した。

ここで「その四十」に入る。

「抽斎は有合せの道春点（林道春の施した訓点のこと）の論語を取り出させて、巻三《まきの》を開いた。そして「子貢問曰、何如斯可謂之士矣（子貢問いて曰く、いかなれば、これを士と謂うべき）」と云う所から講じ始めた。固より朱註（朱熹の論語集註をいう）をば顧みない。都《すべ》て古義に従って縦説横説した。抽斎は師迷庵の校刻した六朝本《りくちょうぼん》の如きは、何時でも毎葉毎行の文字の配置に至るまで、空に憑《よ》って思い浮べることが出来たのである。

貞固は謹んで聴いていた。そして抽斎が「子曰、噫斗筲之人、何足算也（子のたまわく、ああ、斗筲の人、見識、器量の狭い人は数え立てて評価するまでもない）」に説き到ったとき、貞固の目はかがやいた。

講じ畢《おわ》った後、貞固は暫く瞑目《めいもく》沈思していたが、徐《しずか》に起って仏壇の前に往って、祖先の位牌の前にぬかずいた。そしてはっきりした声で云った。「わたくしは今日から一命を賭して職務のために尽します。」貞固の目には涙が湛《たた》えられていた」。

「留守居になってからの貞固は、毎朝日に出《いづ》ると共に起きた。そして先ず厩《うまや》を見廻った。そこには愛馬浜風が繋いであった。友達がなぜそんなに馬を気に掛けるかと云うと、馬は生死を共にするものだからと、貞固は答えた。厩から帰ると、盥嗽《かんそう》（顔を洗い、口をすすぐこと）して仏壇の前に坐した。そして木魚を敲《たた》いて誦経《じゅきょう》した。この間は家人を戒めて何の用事をも取り次がしめなかった。来客もそのまま待たせられることになっていた。誦経が畢って、髪を結わせた。それから朝餉《あさげ》の饌《ぜん》に向った。饌には必ず酒を設けさせた。朝といえども省かない。殽《さかな》には選嫌《えりぎらい》をしなかったが、のだ平《へい》の蒲鉾《かまぼこ》を嗜《たしな》んで、闕《か》かさずに出させた。これは贅沢品で、鰻の丼《どんぶり》が二百文、天麩羅蕎麦が三十二文、盛掛《もりかけ》が十六文するとき、一板《ひといた》二分二朱であった（一両＝四分＝十六朱にあたる）」。

　途中だが、このような物価の記述が『渋江抽斎』における風俗誌としての興趣である。

森鷗外の文章の続きを読む。

「貞固は巳《み》の刻（午前十時頃）の太鼓を聞くと、津軽家の留守居役所に出勤して事務を処理する。次いで登城して諸家の留守居に会う。従者は自ら豢《やしな》っている若党草履取の外に、主家から附けられるのである。

　留守居には集会日と云うものがある。その日には城から会場へ往く。八百善《やおぜん》、平清《ひらせい》、川《かわ》長《ちょう》、青柳《あおやぎ》等の料理屋である。また吉原に会することもある。集会には煩瑣な作法があった。これを礼儀と謂わんは美に過ぎよう。譬《たと》えば、莚席《えんせき》の觴政《しょうせい》（酒杯のやり取りの時の約束事の一つ）の如く、また西洋学生団のコンマン（学生の酒宴のさいの風習上の規則）の如しとも云うべきであろうか。しかし集会に列するものは、これがために命の取遣《とりやう》をもしなくてはならなかった。就中厳しく守られていたのは新参故参の序次で、故参は新参のために座より起つことなく、新参は必ず故参の前に進んで挨拶しなくてはならなかった。

津軽家では留守居の年俸を三百石とし、別に一箇月の交際費十八両を給した。比良野は百石取ゆえ、これに二百石を補足せられたのである。五百の覚書に拠るに、三百石十人扶持の渋江の月割が五両一分、二百石八人扶持の矢嶋の月割が三両三分であった。矢嶋とは後に抽斎の二子優善が養子に往った家の名である。これに由って観れば、貞固の月収は五両一分に十八両を加えた二十三両一分と見て大いなる差違は無かろう。然るに貞固は少くも月に交際費百両を要した。しかもそれは平常の費《ついえ》である。吉原に火災があると、貞固は妓楼《ぎろう》佐野槌《さのづち》へ、百両に熨斗《のし》を附けて持たせて遣らなくてはならなかった。また相方黛《あいかたまゆずみ》のむしんをも、折々は聴いて遣らなくてはならなかった。ある年の暮に、貞固が五百に私語したことがある。「姉えさん、察して下さい。正月が来るのに、わたしは実は褌《ふんどし》一本買う銭も無い。」と。

このような記述は渋江抽斎の伝記として書きこむ必要がない事実である。ただ、抽斎が生きた時代と彼の身辺の風俗を知る上では意味がないわけではない。むしろこのような記述に私は興趣を覚える。たとえば、私自身は江戸末期から明治にかけて評判の高かった料理屋として八百善という名を聞いていたが、江戸末期には八百善に匹敵するような料理屋がいくらも存在していたことを知ることにも興味がある。比良野貞固の人格が、この史伝に魅力を添えていることはいうまでもないが、まして留守居役の生態をこのようにまざまざと知ることはこの史伝の汲み尽くせない感興の重要な要素をなしていると考える。幕藩体制の下で、諸藩の間に「外交」というべき交渉を要する事柄が多かったにちがいない。たとえば、ある藩主の男女と別の藩主の男女との婚姻や養子の縁組の斡旋をしたり、あるいは隣り合った藩の間の境界争いから、灌漑用水の利用など、外交交渉を要する事柄は思いつくだけでも無数に存在する。そのためには、平素から親密な社交界を形成していることが必要であろう。そのための個別の会合や集会も必要であったろうと想像できる。そのために莫大な費用を支出しなければならなかったことも事実であろう。私は、渋江抽斎の史伝を著作している過程で、森鷗外が関心を持つこととなった事柄について、その関心の赴くままに、関連の事実を調べ上げるのに苦労したことを、この著述からまざまざと感じている。

これまでの森鷗外の叙述から、私は、いったい、比良野貞固は明らかに収入を上回る出費により借財ができたはずだが、これをどう始末したか、という疑問を持つ。また、集会にさいして新参古参の序列が厳しかったというが、たとえば、三万石の大名の留守居が古参、加賀百万石の留守居が新参とすると、石高の多寡に関係なく、古参が幅をきかせていたのだろうか、ということも疑問に感じている。現在でも高校・大学の運動部において上級生による下級生ないし新入生へのいじめが見られるし、かつての日本陸軍においては古参兵の新兵いじめが当然のこととして行われていた。このような慣行の先蹤《せんしょう》が留守居役の集会であるとすれば、これは民族性の問題かもしれない。

それはさておき、続いて「その四十一」を読む。

比良野貞固は「好丈夫で威貌《いぼう》があ」り、同僚であった平井東堂も風貌が優れ、「温容親むべきものがあった」ので、「津軽家の留守居は双璧だ」と世の人が称したそうである、といった話が紹介され、一挿話をはさんで、森鷗外は「想うに東堂は外《ほか》柔にして内険、貞固は外猛にして内寛であったと見える」と言い、「窮乏は東堂といえどもこれを免るることを得なかったらしい」と書いている。

「その四十二」では東堂が窮乏のため質入れしたことを記し、次の文章に続けている。

「貞固と東堂とは、共に留守居の物頭《ものがしら》を兼ねていた。物頭は詳しくは初手足軽頭と云って、藩の諸兵の首領である。留守居も物頭も独礼の格式である。平時は中下屋敷附近に火災の起る毎に、火事装束を着けて馬に騎り、足軽数十人を随えて臨検した。貞固はその帰途には、ほとんど必ず渋江の家に立ち寄った。実に威風堂々たるものであったそうである」。

これも抽斎の伝記とは関係ないことであり、森鷗外はおそらくその興味にしたがって、執筆したのである。その結果として、比良野貞固のような個性ある人物が光彩を放つこととなり、『渋江抽斎』の魅力の重要な一要素をなすことになったのではないか。なお「独礼の格式」とは、主君に謁見するさい、単独で、他人と一緒でなく、謁見を許される格式の意をいう。身分社会の階級差とはそんな愚劣なことに具体化されていたのであった。続きを読む。

「貞固も東堂も、当時諸藩の留守居中有数の人物であったらしい。帆足《ほあし》万里はかつて留守居を罵って、国財を靡《び》し（贅沢に使うこと）私腹を肥やすものとした。この職に居るものは、あるいは多く私財を蓄えたかも知れない。しかし保さんは少時帆足の文を読む毎に心平かなることを得なかったと云う。それは貞固の人《ひと》と為《な》りを愛していたからである。

嘉永四（一八五一）年には、二月四日に抽斎の三女で山内氏を冒していた棠子《とうこ》が、痘を病んで死んだ。尋《つ》いで十五日に、五女癸巳《きし》が感染して死んだ。彼は七歳、此は三歳である。重症で曼公の遺法も功を奏せなかったと見える。三月二十八日に、長子恒善が二十六歳で、柳嶋に隠居していた信順の近習にせられた。六月十二日に、二子優善が十七歳で、二百石八人扶持の矢嶋玄碩《げんせき》の末期養子《まつご》になった。この年渋江氏は本所台所町に移って、神田の家を別邸とした。抽斎が四十七歳、五百が三十六歳の時である。

優善は渋江一族の例を破って、少《わこ》うして烟草《たばこ》を喫み、好んで紛華奢靡《ふんかしゃび》の地（遊郭の意）に足を容れ、兎角市井のいきな事、しゃれた事に傾き易く、当時早く既に前途のために憂うべきものがあった」。

かつて、私は渋江抽斎の痘科の師、池田京水について、森鷗外が多くの頁を充てていることを記したが、痘科については説明を省いていた。しかし、二人まで抽斎の息女が疱瘡のために亡くなった事実から、どうしても痘科について森鷗外が記しているところを写しておかなければならないと考える。「その十四」に次の記述がある。

「原来疱瘡《ほうそう》を治療する法は、久しく我国には行われずにいた。病が少しく重くなると、尋常の医家は手を束《つか》ねて傍看した。そこへ承応二（一六五三）年に戴曼公《たいまんこう》が支那から渡って来て、不治の病を治し始めた。龔廷賢《ぎょうていけん》を宗とする治法を施したのである。曼公、名は笠《りつ》、杭州仁和県の人で、曼公とはその字《あざな》である」。

二人の息女の死に関連して「曼公の遺法」とあるのはこの方法である。折角、池田京水に痘科を学びながら、抽斎はこれによってわが子を治癒させることができなかったのである。いうまでもなく、西洋医学による種痘という免疫による方法で疱瘡は根絶したことは知られるとおりである。

この後、嘉永五（一八五二）年に入ると、四月二十九日、抽斎の長子恒善は二十七歳で妻糸を娶り、勤料三人扶持を給せられることになった。翌嘉永六（一八五三）年一月十九日に六女水木が生れ、その翌安政元（一八五四）年二月十四日に五男専六（後に脩と改名）が生れ、三月十日に恒善が死んだ。『渋江抽斎』に「病んで歿した」とあるだけで、病名は明らかでない。「抽斎は子婦糸の父田口儀三郎の窮を憫《あわれ》んで、百両余の金を餽《おく》り、糸をば有馬宗智と云うものに再嫁せしめた」とある。同じ年の十二月二十六日、抽斎は躋寿館の講師という理由で五人扶持を受けることになった。今の勤務加給のごときものであると森鷗外は書いている。同月二十九日に「更に躋寿館医書彫刻手伝を仰附けられた。今度校刻すべき書は、円融天皇の天元五（九八二）年に、丹波康頼が撰んだと云う医心方である」。

3

ここで抽斎の次男、矢嶋家の末期養子になって、矢嶋家の当主となった優善について、森鷗外が語る所を聞きたい。抽斎は当時優善の不行跡に手を焼いて、座敷牢を造っていた。時は安政大地震の起こった安政二（一八五五）年である。

森鷗外は「その四十六」に以下のとおり記述している。

「米艦が浦賀に入ったのは、二年前の嘉永六（一八五三）年六月三日である。翌安政元（一八五四）年には正月に艦《ふね》が再び浦賀に来て、六月に下田に去るまで、江戸の騒擾《そうじょう》は名状すべからざるものがあった。幕府は五月九日を以て、万石以下の士に甲冑《かっちゅう》の準備を令した。動員の備の無い軍隊の腑甲斐《ふがい》なさが覗《うかが》われる。新将軍家定の下にあって、この難局に当ったのは、柏軒、枳園等の主侯阿部正弘である。

今年に入ってから、幕府は講武所を設立することを令した。次いで京都から、寺院の梵《ぼん》鐘《しょう》を以て大砲小銃を鋳造すべしと云う詔《みことのり》が発せられた。多年古書を校勘して寝食を忘れていた抽斎も、ここに至って寖《やや》風潮の化誘（感化、誘導されること）する所となった。それには当時産蓐《さんじょく》にいた女丈夫五百の啓沃《けいよく》（思いを伝えること）も与《あずか》って力があったであろう。抽斎は遂に進んで津軽士人のために画策するに至った」。

抽斎が用人等を通じて藩主津軽順承に進言し藩主が可とした進言とは、ペリー来日以来の事態のため幕府は甲冑を準備するよう命じたが、弘前藩の藩士にはその準備がないから、金十八両を藩士に貸し付け、年賦で返済するようにして頂きたい、という案であった。幕府が命じた甲冑を身に着けた戦争の時代ははるかな昔であり、大砲や小銃等による戦争の時代なのだから、むしろ藩として西洋から銃器などを買付けるよう進言すべきであった。抽斎はそれほどに世界の情勢に暗かったし、疎かったのだが、この進言を取り次いだ用人たちも、これを可とした藩主も同じく、世界情勢に暗く、疎かったのだから、抽斎だけを責めるのは酷であろう。

抽斎にとっては優善の不行跡はわが子にかかわるのだから、より深刻であったにちがいない。

「その四十七」を森鷗外は以下のとおり書き起こしている。

「抽斎が岡西氏徳に生せた三人の子の中、ただ一人生き残った次男優善は、少時放恣《ほうし》佚楽のために、頗《すこぶ》る渋江一家を困《くるし》めたものである。優善には塩田良三と云う遊蕩夥伴《なかま》があった。良三はかの蘭軒門下で、指の腹に杖を立てて歩いたと云う楊庵が、家附の女《むすめ》に生せた嫡子である。

わたくしは前に優善が父兄と嗜《たしみ》を異にして、煙草を喫んだと云うことを言った。しかし酒はこの人の好む所でなかった。優善も良三も、共に涓滴《けんてき》の量なくして、あらゆる遊戯に耽《ふけ》ったのである。

抽斎が座敷牢を造った時、天保六（一八三五）年生《うまれ》の優善は二十一歳になっていた。そしてその密友たる良三は天保八年生で、十八歳になっていた。二人は影の形に従う如く、須臾《しゅゆ》も相離るることが無かった。

ある時優善は松川飛蝶《ひちょう》と名告って、寄席に看板を懸けたことがある。良三は松川酔蝶《すいちょう》と名告って、共に高座に登った。鳴物入で俳優の身振声色《こわいろ》を使ったのである。しかも優善は所謂心打《いわゆるしんうち》で、良三はその前座を勤めたそうである。また夏になると、二人は舟を藉《か》りて墨田川を上下して、影芝居（影に隠れて鳴物入りで声色を演じること）を興行した。一人は津軽家の医官矢嶋氏の当主、一人は宗家の医官塩田氏の若檀那《わかだんな》である。中にも良三の父は神田松枝町に開業して、市人に頓才《とんさい》のある、見立の上手な医者と称せられ、その肥胖《ひはん》（肥っていること）のために瞽者《こしゃ》（盲目の人）と看錯《みあやま》るる面《おもて》をば汎《ひろ》く識られて、家は富み栄えていた。それでいて二人共に、高座に顔を曬《さら》すことを憚らなかったのである。

二人は酒量なきに拘らず、町々の料理屋に出入し、またしばしば吉原に遊んだ。そして借財が出来ると、親戚故旧をして償《つぐの》わしめ、度重って償う道が塞がると、跡を晦《くら》ましてしまう。抽斎が優善のために座敷牢を作らせたのは、そう云う失踪《しっそう》の間の事で、その早晩還《かえ》り来《きた》るを候《うかが》ってこの中に投ぜようとしたのである」。

ここで安政の大地震が起こって、優善は座敷牢入りを免れるのだが、優善の行動は、吉原に遊んで借財を親戚知己に支払わせ、それが出来なくなると失踪する、という行動は別として、高座に上がるとか、影芝居をする程度のことであれば、現代であれば咎められるようなことではなかったであろう。そうした類の出演で子に人気が出るのを喜ぶ親が多いかもしれない。当時の芸人の社会的な地位が低かったことによるのではないか。それにしても、当時の「遊蕩」といわれるものはどういうものであったか、『渋江抽斎』は風俗誌として読んで興趣がある著述である。

安政大地震について『渋江抽斎』はその概略を記すにとどまり、ほとんど語っていない。抽斎夫婦は倒れた本箱の間に挟まって、身動きできなくなったが、若党に助け出されたという、その後、「抽斎は衣服を取り繕う暇もなく、馳《は》せて隠居信順《のぶゆき》を柳嶋の下屋敷に慰問し、次いで本所二つ目の上屋敷に往った。信順は柳嶋の第宅《ていたく》が破損したので、後に浜町の中屋敷に移った。当主順承《ゆきつぐ》は弘前にいて、上屋敷には家族のみが残っていたのである」とあり、さらに次のとおり記している。

「抽斎は留守居比良野貞固に会って、救恤《きゅうじゅつ》の事を議した。貞固は君侯在国の故を以て、旨を承くるに遑《いとま》あらず、直ちに廩米《りんまい》二万五千俵を発して、本所の窮民を賑《にぎわ》すことを令した。勘定奉行平川半治はこの議に与《あずか》らなかった。平川は後に藩士悉《ことごと》く津軽に遷るに及んで、独り永の暇を願って、深川に米店を開いた人である」。

藩の蔵米を難民救恤のため放出するという大事に勘定奉行が決定に関与することができないのか、という疑問が生じるが、狩谷棭斎の津軽屋が弘前藩の財政を取り仕切っていたので、勘定奉行は有名無実、実権を持たなかったのかもしれない。一方で、留守居役にはどこまでの権限があるのか、幕末の動乱期におけるそれぞれの人の個性によって判断や行動が異なるであろう。この平川の行動もそういう意味で『渋江抽斎』という著述に興趣を呈している。

4

この年、安政二（一八五五）年、抽斎は五十一歳、五百は四十歳、子に陸《くが》、水木《みき》、専六、翠暫《すいざん》の四人がおり、別に矢嶋優善がいた。

この年の四月十八日、五百の兄、広瀬栄次郎が亡くなった。病名は記されていない。たぶん栄次郎の死去のためであろうが、渋江家では父忠兵衛の妾、牧を引き取った。私など、無知だから、妾というのは、それこそ見越しの松のある家に囲って、主人が時に応じて通い、主人が死去すれば縁が切れるものと思っていたが、牧のばあいは元来は小間使として雇われ、忠兵衛の手がついてそのまま居つき、結局、主家が死ぬまで面倒をみることになる、そんな存在であったようである。これも私には目新しい事実であった。

ただ、忠兵衛の正妻であり、栄次郎、五百らの母であるくみが、次男を産むさいに血行の変動のためであったか、重態になった。そのさい、牧がくみを度々聾者《つんぼ》と呼んだことを栄次郎が聞き咎めて、忘れずにいた。くみは、この時、生れた子と共に世を去ったが、牧が母を聾者《つんぼ》と呼んでいたことを栄次郎から聞いた五百は、牧を敵《かたき》と思い、敵討ちをするつもりであった、という。また、五百が早くから本丸に入ったり、藤堂家に勤めたりしたのも、忠兵衛の希望であったとはいえ、一面では牧と共に起き伏しするのを嫌ったためであった、ともいう。

「その四十八」の末尾はこう結ばれている。

「こう云う関係のある牧が、今寄辺《よるべ》を失って、五百の前に首《こうべ》を屈し、渋江氏の世話を受けることになったのである。五百は怨に報ゆるに恩を以てして、牧の老《おい》を養うことを許した」。

しかし、それまで、牧は栄次郎の厄介になっていたにちがいないから、落魄《らくはく》したとはいえ、栄次郎もかなりに寛容であった、とも考えられる。

5

翌安政三（一八五六）年、抽斎は重大な問題提起をした。「その四十九」の冒頭は次のとおりである。

「安政三年になって、抽斎は再び藩の政事に喙《くちばし》を容れた。抽斎の議の大要はこうである。弘前藩は須《すべから》く当主順承と要路の有力者数人とを江戸に留《とど》め、隠居信順以下の家族及家臣の大半を挙げて帰国せしむべしと云うのである。その理由の第一は、時勢既に変じて多人数の江戸詰はその必要を認めないからである。何故《なにゆえ》と云うに、原《もと》諸侯の参勤、及これに伴う家族の江戸における居住は、徳川家に人質を提供したものである。今将軍は外交の難局に当って、旧慣を棄て、冗費を節することを謀っている。諸侯に土木の手伝を命ずることを罷《や》め、府内を行くに家に窓蓋《まどぶた》を設《もうく》ることを止《とど》めたのを見ても、その意向を窺うに足る。縦令《たとい》諸侯が家族を引き上げたからと云って、幕府は最早《もはや》これを抑留することは無かろう。理由の第二は、今の多事の時に方《あた》って、二三の有力者に託するに藩の大事を以てし、これに掣肘《せいちゅう》を加うること無く、当主を輔佐《ほさ》して臨機の処置に出でしむるを有利とするからである」。

私には第二の理由は理解できない。第一の理由は尤もだと考えるが、そもそも抽斎の提言した「国勝手」といわれる案によって、いかなる利益があるのか、何のために藩主津軽順承と要路の有力者数人だけが江戸に残り、隠居信順以下の家族及家臣の大半が弘前に帰国することにするのか。箱根等の関所では「出女、入鉄砲」を厳しく取締まっていたが、この「出女」の取締まりは人質になっている諸藩の藩主の家族が関所を出ることを禁止するためであった。抽斎の考えは、この禁制を無視しても幕府の実力は弱体化しているので制裁を科すようなことはありえない、そこで藩主の家族等に弘前に移ってもらうというもので、いわば、幕府の実力低下の弱みに付け込んだ、嫌がらせの案であった。しかし、藩主の家族等が郷国に移ったらどんな利益があるのか、抽斎の案でははっきりしていない。参勤交代を止めるのであれば、費用の節減になるであろうが、藩主が弘前に帰らずに江戸だけにとどまっていることはできないのだから、妻子だけを国元に帰らせるということは実際は出来ない計画である。それはともかくとして、森鷗外は次に記す事態に発展したと書いている。

「由来弘前藩には悪習慣がある。それは事ある毎に、藩論が在府党と在国党とに岐《わか》れて、荏苒《じんぜん》決せざることである。甚だしきに至っては、在府党は郷国の士を罵《ののし》って国猿《くにざる》と云い、その主張する所は利害を問わずして排斥する。此の如きは今の多事の時に処する所以《ゆえん》の道でないと云うのである。

この議は同時に二三主張するものがあって、是非の論が盛に起った。しかし後にはこれに左袒《さたん》するものも多くなって、順承が聴納《ていのう》（聞き入れること）しようとした。浜町の隠居信順がこれを見て大いに怒った。信順は平素国猿を憎悪することの尤《もっと》も甚しい一人であった」。

比良野貞固も反対であった。彼の意見を森鷗外は次のとおり記している。

「議善からざるにあらずといえども、江戸に生れ江戸に長じたる士人とその家族とをさえ、悉く窮北の地に遷そうとするは、忍べるの甚しきだと云うのである」。

私はこのような記述を読み、むしろ衝撃をうけたといってよい。これによれば、江戸に勤める者は代々江戸住まい、弘前に勤めるものは代々弘前住まいで、江戸勤めの者たちから「国猿」呼ばわりされていたという事実が信じがたかったのである。まして、今は隠居しているとはいえ旧藩主であった信順が在国の家臣を「国猿」と呼んで嫌っていたということも信じられない事実であった。江戸において勤める家臣もその扶持は弘前藩の領地の農民から弘前在住の家臣が収奪した年貢によることは、江戸に勤めていても解っているはずではなかったのか。彼らを国猿と呼ぶなどということは言語道断という感がつよい。

私は一定の年数、江戸に勤務すれば弘前に戻り、また弘前で一定の年数、勤務すれば江戸への赴任を命じられる、という仕組みであろうと想像していた。ここに書かれている状況では江戸勤めの家臣たちと弘前勤めの家臣たちとの間で、相互に憎悪感を抱くようになるのが当然である。

この提案は津軽家の継嗣問題も絡んで見送られたという。この問題を森鷗外は「その五十」の末尾に以下のとおり総括している。

「この年抽斎は五十二歳、五百は四十一歳であった。抽斎が平生の学術上研鑽の外に最も多く思を労したのは何事かと問うたなら、恐らくその五十二歳にして提起した国勝手の議だと云わなくてはなるまい。この議の応《まさ》に及ぼすべき影響の大きさと、この議の打ち克《か》たなくてはならぬ抵抗の強さとは、抽斎の十分に意識していた所であろう。抽斎はまた自己がその位にあらずして言うことの不利なるをも知らなかったのではあるまい。然るに抽斎のこれを敢《あえ》てしたのは、必ず内に已《や》むことを得ざるものがあって敢てしたのであろう。憾《うら》むらくは要路に取ってこれを用いる手腕のある人が無かったために、弘前は遂に東北諸藩の間において一頭地を抜いて起つことが出来なかった。また遂に勤王の旗幟《きし》を明《あきらか》にする時間の早きを致すことが出来なかった」。

抽斎の提案とは、徳川幕府の権力は衰微しているので、幕府の命令に違反しても咎められることはないから、人質として江戸から離れることを許されない主君の家族等に、領地弘前に赴くことを進言したものであった。この提案には勤王などという思想があるわけではない。森鷗外の総括には抽斎贔屓の評価があるとしか思われない。

なお、この年、矢嶋優善は「遂に素行修まらざるがために、表医者を貶《へん》して小普請《こぶしん》医者とせられ、抽斎もまたこれに連繫《れんけい》して閉門三日に処せられた」。

優善にとって一つの転機が来たわけであった。さらにこの後、彼の境涯は二転三転する。この翌年にはたちまち表医者介を命じられ半ばその地位を回復した。「介」と付いていることからみて表医者の助手とでもいうべき格式のようである。

6

安政四（一八五七）年、七月二十六日、七男成善《しげよし》（重義）が生れた。後に改名して「保《たもつ》さん」として『渋江抽斎』中しばしば情報の提供者として名の出る人物である。その後、塩田良三のこと、多紀茝庭のことなどの記述があるが、抽斎の生涯にとって特に採りあげるに値しないと考えるので、これらの記述の紹介は省略する。

安政五（一八五八）年には二月二十八日に成善が藩主津軽順承に謁見した。謁見は八歳以上と定められていたので、この日成善は八歳と披露されたのだそうであると森鷗外は記しているが、何故それほどの無理までして謁見したのか、については記していない。

この年、五月十七日には七女幸《さき》が生れたが、七月六日に早世した、という。それにしても五百はじつに多産な女性であったようである。しかも、それが当時においては通常だったのであるらしいが、渋江家でも、生れて間もなく夭折する子がじつに多い。この記事のある「その五十二」には感動的な抽斎の述懐が記されている。

「この頃抽斎は五百にこう云う話をした。「己《おれ》は公儀（幕府のこと）へ召されることになるそうだ。それが近い事で公方様《くぼう》（徳川将軍のこと）の喪が済み次第仰付けられるだろうと云うことだ。しかしそれをお請をするには、どうしても津軽家の方を辞せんではいられない。己は元禄以来重恩の主家を棄てて栄達を謀る気にはなられぬから、公儀の方を辞する積だ。それには病気を申立てる。そうすると、津軽家の方で勤めていることも出来ない。己は隠居することに極めた。父は五十九歳で隠居して七十四歳で亡くなったから、己も兼て五十九歳になったら隠居しようと思っていた。それがただ少しばかり早くなったのだ。（下略）」。

私たちはこのような二者択一の場に立たされることがある。栄達もしくは利益を求めるか、忠義もしくは節操を求めるか、ということが事例としては通常であろう。後者を選ぶことは望ましいとしても、実際は難しい。敢えて、抽斎が後者を選んだことに彼の人格が尊敬に値することを確認し、森鷗外もこのような決心、覚悟をもっていた抽斎に魅力を感じたであろう。抽斎はその伝記のために森鷗外が多くの筆を費やすにふさわしいような偉大な人物ではなかったけれども、敬意を払うに足る人物であった。

この年、安政五（一八五八）年八月二十三日の晩餐にさいして、抽斎は箸を下さなかった。当初は所労の為かと思われたが、日々、病状は重くなり、二十八日、抽斎は息をひきとった。五十四歳であった。

彼の病はコレラであった。この年、コレラが流行していた。抽斎もその犠牲者の一人となったのである。

「抽斎の歿した跡には、四十三歳の未亡人五百を始として、岡西氏の出《しゅつ》次男矢嶋優善《やすよし》二十四歳、四女陸《くが》十二歳、六女水木《みき》六歳、五男専六五歳、六男翠暫《すいざん》四歳、七男成善《しげよし》二歳の四子二女が残った。優善を除く外は皆山内氏五百の出である」。

抽斎に先立って死んだ子には長男恒善、長女純《いと》、二女好《よし》、三男八三郎、のほか、五百の生んだ三女棠、四男幻香、五女癸已《きし》、七女幸がいる。少子高齢化の現在からみると、五百の多産にあらためて驚異と敬意とを覚える。さて、抽斎の歿後、比良野貞固が五百に対し申し入れた提案で「その五十三」を結んでいるので、これを紹介する。

「比良野貞固は抽斎の歿した直後から、連《しきり》に五百に説いて、渋江氏の家を挙げて比良野邸に寄寓せしめようとした。貞固はこう云った。自分は一年前に抽斎と藩政上の意見を異にして、一時絶交の姿になっていた。しかし抽斎との情誼を忘るることなく、早晩疇昔《ちゅうせき》の親みを回復しようと思っているうちに、図らずも抽斎に死なれた。自分はどうにかして旧恩に報いなくてはならない。自分の邸宅には空室が多い。どうぞそこへ移って来て、我家に住む如くに住んで貰いたい。自分は貧しいが、日々の生計には余裕がある。決して衣食の値《あたい》は申し受けない。そうすれば渋江一家は寡婦孤児として受くべき侮《あなどり》を防ぎ、無用の費《ついえ》を節し、安んじて子女の成長するのを待つことが出来ようと云ったのである」。

この比良野貞固の申し入れに対する五百の反応が次のとおりであった旨「その五十四」で記されている。

「比良野貞固は抽斎の遺族を自邸に迎えようとして、五百に説いた。しかしそれは五百を識《し》らぬのであった。五百は人の廡下《ぶか》（軒下の意）に倚《よ》ることを甘んずる女では無かった。渋江一家の生計は縮小しなくてはならぬこと勿論である。夫の存命していた時のように、多くの奴婢《ぬひ》を使い、食客を居くことは出来ない。しかし譜代《ふだい》の若党や老婢にして放ち遣るに忍びざるものもある。寄食者の中には去らしめようにも往いて投ずべき家の無いものもある。長尾氏の遺族の如きも、もし独立せしめようとしたら、定めて心細く思うことであろう。五百は己が人に倚らんよりは、人をして己に倚らしめなくてはならなかった。そして内に恃《たの》む所があって、敢て自らこの衝に当ろうとした。貞固の勧誘の功を奏せなかった所以《ゆえん》である」。

ここまでが「その五十四」の冒頭だが、「その五十三」ですでに渋江抽斎は死歿している。『渋江抽斎』が彼の伝記であれば、彼の死去で終わるか、貞固、五百のやりとりに見られるような、死後の跡始末で終わってよいはずである。ところが、『渋江抽斎』は「その百十九」まで、五百の子、陸が杵屋勝久と名乗って長唄の師匠となり、まだ、保さんも健在の大正五（一九一六）年まで、安政五（一八五八）年に抽斎が死去してからほぼ半世紀続くのである。これは森鷗外の渋江抽斎に対する親近感のためにその子孫の行跡まで明らかにしたいという情熱によるものにはちがいないが、五百、貞固をはじめとする多彩な人間像、彼らが遭遇する明治維新による社会的身分の変化、この変動期における彼らの生き方、いわば、時代と風俗を、彼ら多彩な人間たちの行動を通して学び、描きだすことに、森鷗外がこの著書を書いた動機があったからではないか。一読者の立場からいえば、抽斎の生涯の描写よりも、彼をとりまく人々の行動とそれを通じて現れる時代風俗がじつに感興ふかいのである。

たとえば、抽斎の死去した安政五（一八五八）年、森枳園は将軍家茂に謁見している。彼が江戸から夜逃げした時を思うと有為転変に感慨を催さざるを得ないのである。

「その五十四」では、続いて、「抽斎の著《あらわ》す所の書には、先ず経籍訪古志と留真譜とがあって、相踵《あいつ》いで支那人の手に由って刊行せられた。これは抽斎とその師、その友との講窮し得たる果実で、森枳園が記述に与ったことは既に云えるが如くである」という。以前は経籍訪古志は抽斎と森枳園とが分担して書いた著書であると記していたので、この記述は前に述べたこととは変わっているように見えるが、じつは同じことを言っているのかもしれない。また、留真譜については従来は説明がないが、森枳園はこの著述には関係していないのであろう。その後、森鷗外はわが国における考証学の系譜を説明し、「わたくしは訪古志と留真譜との二書は、今少し重く評価して可なるものであろうと思う」と結んでいる。この結論は、すでに述べたとおり、これらの二著作が名著とか、傑出した著書ではないにしても、現在の評価は若干低すぎるのではないか、というのである。経籍訪古志は江戸時代末期の考証学の成果であり、これが抽斎の学問の集大成ないしその要旨としても、西洋医学が取って代わった明治維新以降の医学にとってはいかなる価値も認められない、そういう著述であったにちがいない。森鷗外は抽斎に親近感をもっていたために、率直な評価を避けているのである。

「その五十五」では抽斎の医学上の著述について述べているが、それらの著述は公刊されていないので、森鷗外はこれに一章をさいているけれども、第三者の批判にさらされていない著述の価値を論じることは意味がないと私は考える。次いで、抽斎の考証学についての説明をしているが、すでに書いたので繰り返さない。「その五十七」において説明している、抽斎の師、市野迷庵の見解についても同じである。抽斎の考証学がどれほど中国古典籍の研究に寄与したかが問題であると私は考えるが、森鷗外は私の疑問にまったく答えていない。

また、森鷗外は、抽斎における儒教と老子ないし道教との関係、さらに仏教との関係についても説明しているが、これらもすでに述べたので、省略する。

7

森鷗外は「その五十九」の末尾に「渋江氏の勤王は既に久しく定まっていた」と言い、「その六十」「その六十一」に逸話を紹介している。

「渋江氏の勤王はその源委を詳《つまびらか》にしない。しかし抽斎の父允成《ただしげ》に至って、師柴野栗山に啓発せられたことは疑を容れない。允成が栗山に従学した年月は明でないが、栗山が五十三歳で幕府の召に応じて江戸に入った天明六（一七八六）年には、允成が丁度二十三歳になっていた。家督してから二年の後である。允成が栗山の門に入ったのは、恐らくはその後久しきを経ざる間の事であっただろう。これは栗山が文化四（一八〇七）年十二月朔に七十二歳で歿したとして推算したものである。

允成の友にして抽斎の師たりし市野迷庵が勤王家であったことは、その詠史の諸作に徴して知ることが出来る。この詩は維新後枳園が刊行した。抽斎は啻《ただ》に家庭において王室を尊崇する心を養成せられたのみでなく、また迷庵の説を聞いて感奮したらしい。

抽斎の王室における、常に耿々《こうこう》の心を懐いていた。そして嘗《かつ》て一たびこれがために身命を危うくしたことがある。保さんはこれを母五百に聞いたが、憾《うら》むらくはその月日を詳にしない。しかし本所においての出来事で、たぶん安政三（一八五六）年の頃であったらしいと云うことである」。

この抽斎が身命を危うくした出来事に入る前に指摘しておきたいことは、森鷗外のいう、渋江抽斎の勤王の志はすべて森鷗外の推測によるものであって、何の確実な証拠もないということである。允成が栗山の思想に感化されたか、抽斎が迷庵の思想に影響されたか、いかなる裏付けもない。この作品を執筆、公表した時期には渋江抽斎を勤王の志の篤い人物とみることが、読者の共感を得るのに望ましかったので、森鷗外は読者に媚びたのではないか、と私はつよい疑問を持っている。そこで、その出来事についての記述を次に引用する。

「ある日手嶋良助と云うものが抽斎に一の秘事を語った。それは江戸にある某貴人の窮迫の事であった。貴人は八百両の金が無いために、将《まさ》に苦境に陥らんとしておられる。手嶋はこれを調達せむと欲して奔走しているが、これを獲《う》る道が無いと云うのであった。抽斎はこれを聞いて慨然として献金を思い立った。抽斎は自家の窮乏を口実として、八百両を先取することの出来る無尽講を催した。そして親戚故旧を会して金を醵出《きょしゅつ》せしめた。無尽講の夜、客が已《すで》に散じた後、五百は沐浴《もくよく》していた。明朝金を貴人の許に齎《もたら》さむがためである。この金を上《たてまつ》る日は予め手嶋をして貴人に稟《もう》さしめて置いたのである。抽斎は忽ち剝啄《はくたく》（足音の類の音のこと）の声を聞いた。仲間が誰何《すいか》すると、某貴人の使だと云った。抽斎は引見した。来たのは三人の侍である。内密に旨を伝えたいから、人払をして貰いたいと云う。抽斎は三人を奥の四畳半に延いた。三人の言う所によれば、貴人は明朝を待たずして金を獲ようとして、この使を発したと云うことである。抽斎は応ぜなかった。この秘事に与っている手嶋は、貴人の許にあって職を奉じている。金は手嶋を介して上ることを約してある。面《おもて》を識らざる三人に交付することは出来ぬと云うのである。三人は手嶋の来ぬ事故を語った。抽斎は信ぜないと云った。三人は互に目語して身を起し、刀の欛《つか》に手を掛けて抽斎を囲んだ。そして云った。我等の言《こと》を信ぜぬと云うは無礼である。かつ重要の御使を承わってこれを果さずに還っては面目が立たない。主人はどうしても金をわたさぬか。すぐに返事をせよと云った。

抽斎は坐したままで暫《しばら》く口を噤《つぐ》んでいた。三人が偽の使だと云うことは既に明である。しかしこれと格闘することは、自分の欲せざる所で、また能わざる所である。家には若党がおり諸生がおる。抽斎はこれを呼ぼうか、呼ぶまいかと思って、三人の気色を覗っていた。

この時廊下に足音がせずに、障子がすうっと開いた。主客は斉《ひとし》く愕《おどろ》き眙《み》た」。ここで「その六十」は終わり「その六十一」に続く。

「刀の欛に手を掛けて立ち上った三人の客を前に控えて、四畳半の端近く坐していた抽斎は、客から目を放さずに、障子の開《あ》いた口を斜に見遣った。そして妻五百の異様な姿に驚いた。

五百は僅《わずか》に腰巻一つ身に著けたばかりの裸体であった。口には懐剣を銜《くわ》えていた。そして閾際に身を屈めて、縁側に置いた小桶《こおけ》二つを両手に取り上げるところであった。小桶からは湯気が立ち升《のぼ》っている。縁側を戸口まで忍び寄って障子を開く時、持って来た小桶を下に置いたのであろう。

五百は小桶を持ったまま、つと一間に進み入って、夫を背にして立った。そして沸《わ》き返るあがり湯を盛った小桶を、右左の二人の客に投げ附け、銜えていた懐剣を把《と》って鞘《さや》を払った。そして床の間を背にして立った一人の客を睨《にら》んで、「どろぼう」と一声叫んだ。熱湯を浴びた二人が先に、欄に手を掛けた刀も抜かずに、座敷から縁側へ、縁側から庭へ逃げた。跡の一人も続いて逃げた。

（中略）この時の事は後々まで渋江の家の一つ話になっていたが、五百は人のその功を称する毎に、慙《は》じて席を遁《のが》れたそうである。五百は幼くて武家奉公をしはじめた時から、匕《ひ》首《しゅ》一口だけは身を放さずに持っていたので、湯殿に脱ぎ棄てた衣類の傍《そば》から、それを取り上げることは出来たが、衣類を身に纏《まと》う遑《いとま》は無かったのである。

翌朝五百は金を貴人の許に持って往った。手嶋の言《こと》によれば、これは献金としては受けられぬ、ただ借上になるのであるから、十箇年賦で返済すると云うことであった。しかし手嶋が渋江氏を訪うて、お手元不如意のために、今年は返金せられぬと云うことが数度あって、維新の年に至るまでに、還された金は些許《すこしばかり》であった。保さんが金を受け取りに往ったこともあるそうである」。

「貴人」は、江戸在住の皇族にちがいない。五摂家といわれるような高位の公卿も貴人というかもしれないが、高位の公卿が江戸に在住していることはありえない。江戸に在住している貴人といえば、輪王寺宮公現法親王以外には存在しない。輪王寺宮の継嗣が明治維新後に北白川宮能久親王となったことは知られているとおりである。まさか、輪王寺宮が窮迫して八百両もの大金を必要とするような状況になることは考えられない。その職責上、多額の金銭の浪費などありえないからである。また、この話はすべて手嶋を介したことであって、八百両を届けた五百も手嶋に渡したのであって、輪王寺宮にじかに渡したわけではあるまい。五百が貴人に直接八百両の金を渡したという記述はないし、もし直接に渡したなら、その時、貴人がどういう言葉、挨拶を賜わったか、書きとめているはずである。私は、これは手嶋が仕組んだ詐欺であり、手嶋の計画を聞きつけた三人の侍が横取りを謀ったものとしか思われない。それにしても、何故、渋江抽斎がその相手として選ばれたかは謎である。よほど騙されやすい人物と見られていたのではないか。ただ、森鷗外はこの事実をもって渋江抽斎に勤王の志があったことの証拠、それも唯一の証拠としているのだが、これは彼の早とちりとしか思われない。私は、森鷗外が渋江抽斎を勤王の士とみたいために冒した軽率の結果であると考える。

ただ、これは詐欺だとする私の考えに納得してくださらない知人がおいでになる。学識高いその知人のご意見はいつも正鵠を得ているので教えられることが多い。この知人は貴人に届けるために前夜、五百が沐浴していること、彼女が貴人の許に金を届けていること、わずかではあっても手嶋が返済していること、などをその理由としている。しかし、五百がじかに貴人にお会いし、金を渡したとは書かれていない。手嶋の所在はわかっているから、返済を約束した以上、つじつま合わせに多少の金を渡すことは当然である。それに維新後になれば貴人も金を調達できたはずなのに、結局踏み倒していることは、詐欺でないとすれば、不可解である。そういう理由で私は詐欺という考えに固執している。なお、「その六十二」の終りに、森鷗外は、抽斎は勤王家ではあったが、攘夷家ではなかった、といい、蘭法廃すべからずと考え、嗣子保さんに蘭語を学ぶように遺言している、という。ただ、開国か攘夷かという論争は国家防衛、国際貿易等に関する利害得失から生じたのだから、このような問題についてどう考えていたかを考慮することなく、オランダ医学を重視すべきだと考えていたとしても、この事実から攘夷家ではないということはできない。ここにも森鷗外の渋江抽斎に対する肩入れが見られるように思われる。

8

「その六十二」に入って、安政五(一八五八)年には幕府が戸塚静海、伊東玄朴その他の蘭法医を召し抱えることとしたことなどを記し、「抽斎がもし生きながらえていて、幕府の聘《へい》を受けることを肯《がえん》じたら、此等の蘭法医と肩を比べて仕えなくてはならなかったであろう。そうなったら旧思想を代表すべき抽斎は、新思想を齎《もたら》し来った蘭法医との間に、厭うべき葛藤を生ずることを免れなかったかも知れぬが、(中略)真面目《しんめんぼく》な漢蘭医法比較研究の端緒が此《ここ》に開かれたかも知れない」と書いている。渋江抽斎はある程度蘭方に理解を示したとはいえ、基本的に漢方医の代表的人物であったようである。

次に、森鷗外は抽斎の日常生活について、「抽斎は病を以て防ぎ得べきものとした人で、常に摂生に心を用いた」といい、飯は朝、昼それぞれ三椀、夕は二椀半ときめ、椀に盛る飯の量も厳密に定めていたという。朝の味噌汁も二椀に限り、菜蔬《さいそ》は最も大根を好み、大根おろしの汁は捨てず、醤油などはかけずに食べ、魚類ではアマダイのみそ漬け、タタミいわしも喜んで食べ、鰻も時々食べた、という。浜名納豆は絶えず蓄えていたそうである。

酒を嗜むようになったのは、弘前で二冬暮らして以来であることは前にふれたとおりである。森鷗外がよく調べたことに敬意を覚えるが、このような事実は渋江抽斎の人格とは関係あるまい。

「その六十三」では初めに鰻の珍しい食べ方を紹介しているので、これを転記することにする。

「鰻を嗜んだ抽斎は、酒を飲むようになってから、しばしば鰻酒と云うことをした。茶碗に鰻の蒲焼を入れ、些《すこ》しのたれを注ぎ、熱酒を湛《たた》えて蓋を覆って置き、少選《しばらく》してから飲むのである。抽斎は五百を娶ってから、五百が少しの酒に堪えるので、勧めてこれを飲ませた。五百はこれを旨《うま》がって、兄栄次郎と妹婿長尾宗右衛門とに侑《すす》め、また比良野貞固に飲ませた」。

酒に無縁の私には関心はないが、酒好きの方々には興味があるかもしれない。

「その六十三」は、その後、抽斎が終生好んだのは読書であり、小説も読んだことを記し、劇神仙の号を襲いだほど、演劇通であったこと、森枳園と同じく七代目団十郎を贔屓にしたことなどを記している。しかし、演劇通というなら、どのように演劇の知識に詳しかったか、どのような劇を好んだか、世話物か、時代物か、七代目団十郎が贔屓であったのなら団十郎の演技のどういう点を評価したのか、いかなる記述もないことが、渋江抽斎を語るのに不充分という感がつよい。

「その六十四」に入ると、抽斎が照葉《てりは》狂言《きょうげん》を好んだといい、照葉狂言の説明をしているが、一時的流行にとどまるものなので、説明を引用する必要を認めない。

抽斎は謡曲を学んだことがあり、その他趣味もいろいろあったようだが、森鷗外はそれらの趣味についても説明した上で、抽斎は大名行列を見るのが好きだったといい、雷が嫌いだったと書いている。

ここまで探求する森鷗外の執念には感銘をうけるが、渋江抽斎は果たして、ここまで探索に値する人物だったのであろうか。たとえば、森鷗外、夏目漱石、財界人でいえば高橋是清のような人が雷を怖がったときけば、あれほどの偉大な人物でも弱点があったのだということを知り、彼らの人間性を感じる。しかし、渋江抽斎は、たとえば、私が詐欺と信じる事件で三人の侍に脅された時にも、若党らを呼ぼうか、など遅疑逡巡して、決断できないままに立ち竦《すく》んでいるところを五百に助けられた人物であり、趣味の瑣末まで明らかにするには値しないと私には思われる。

「その六十五」に、抽斎が法諡《ほうし》を二つ自ら選んだといって、これらを紹介している。その一つは自身のためのもので「容安院不求甚解居士」という。森鷗外はこれを評して「この字面は妙ならずとは云い難いが、余りに抽象的である。これに反して抽斎が妻五百のために撰んだ法諡は妙極まっている」という。これは「半千院出藍終葛大姉」という。「半千」は五百、出藍は紺屋町に生れたこと、終葛は葛飾郡で死ぬことである。即物的、散文的で内に潜むものを何も示唆、暗示していない。五百の性格や才能を偲ばせる文字が存在しない。しかも、五百が葛飾郡で死ぬかどうかは分からないのだから、この点でも妥当でない。事実、五百が死歿したのは烏森の家で葛飾郡ではない。

「その六十五」には続けて、次の記述がある。

「大抵伝記はその人の死を以て終るを例とする。しかし古人を景仰《けいこう》するものは、その苗裔《びょうえい》がどうなったかと云うことを問わずにはいられない。そこでわたくしは既に抽斎の生涯を記し畢《おわ》ったが、猶《なお》筆を投ずるに忍びない。わたくしは抽斎の子孫、親戚、師友等のなりゆきを、これより下《しも》に書き附けて置こうと思う」。

私は、森鷗外が抽斎歿後に五百をはじめとする人々がどうなったかを書くことにしたのは、たんに抽斎を敬仰したからではないと考える。人間として抽斎よりも五百の方がよほど魅力があり、五百に限らず、抽斎の生涯にかかわりをもった多くの人物は多彩、多様であり、彼らが明治維新という動乱の時期をどう生きたか、森鷗外の真の関心はこの点にあったと考える。

第四章

1

「渋江の家には抽斎の歿後に、既に云うように、未亡人五百、陸、水木、専六、翠暫、嗣子成善と矢嶋氏を冒した優善とが遺っていた。十月朔に才《わずか》に二歳で家督相続をした成善と、他の五人の子との世話をして、一家の生計を立てて行かなくてはならぬのは、四十三歳の五百であった。

遺子六人の中で差当り問題となっていたのは、矢嶋優善の身の上である。優善は不行跡のために、二年前に表医者から小普請医者に貶《へん》せられ、一年前に表医者介に復し、父を喪う年の二月に纔《わずか》に故《もと》の表医者に復することが出来たのである。

しかし当時の優善の態度には、まだ真に改悛《かいしゅん》したものとは看做《みな》しにくい所があった。そこで五百は旦暮《たんぼ》周密にその挙動を監視しなくてはならなかった。

残る五人の子の中《うち》で、十二歳の陸、六歳の水木、五歳の専六はもう読書、習字を始めていた。陸や水木には、五百が自ら句読を授け、手跡は手を把《と》って書かせた。専六は近隣の杉四郎と云う学究の許へ通っていたが、これも五百が復習させることに骨を折った。また専六の手本は平井東堂が書いたが、これも五百が臨書だけは手を把って書かせた。午餐後日の暮れかかるまでは、五百は子供の背後《うしろ》に立って手習の世話をしたのである」。

以上が渋江抽斎の死歿直後の状況であったことが「その六十五」に記されている。

2

「その五十三」には、五百の姉、安に関する挿話が語られている。安の夫、宗右衛門は、抽斎が亡くなった年、七月二十日に同じくコレラで他界し、「次いで十一月十五日の火災に、横山町の店も本町の宅も皆焼けたので、塗物問屋の業はここに廃絶した。跡に遺ったのは未亡人安四十四歳、長女敬二十一歳、次女銓《せん》十九歳の三人である。五百は台所町の邸の空地に小さい家を建ててこれを迎え入れた。五百は敬に婿を取って長尾氏の祀《まつり》を奉ぜしめようとして、安に説き勧めたが、安は猶予して決することが出来なかった」。

安に関連して、「その六十六」に、宗右衛門の存命中、彼が癇癪持であり暴君で、家庭内でも暴力を振るうので、五百から厳しく忠告され、涙を流して謝罪したことがあり、以後、宗右衛門は五百の言《げん》に服することになっていたという。そこで、次の逸話も記されている。

「安は本《もと》宗右衛門の恋女房である。天保五（一八三四）年三月に、当時阿部家に仕えて金吾と呼ばれていた、まだ二十歳の安が、宿に下って堺町の中村座へ芝居を看に往った。この時宗右衛門は安を見初めて、芝居がはねてから追尾して行って、紺屋町の日野屋に入るのを見極めた。同窓の山内栄次郎の家である。さては栄次郎の妹であったかと云うので、直ちに人を遣って縁談を申し込んだのである」。

当時の江戸の交際する社会は狭かったようである。この恋女房にも宗右衛門は暴力を振るって、安が実家に逃げ帰ったこともあったそうである。DV、ドメスティック・バイオレンスは必ずしも現代の現象ではなく、江戸時代から存在していたのである。ただ、安が五百の勧めにしたがって商売を再興したとは書かれていない。

3

「抽斎の歿した翌年安政六（一八五九）年には、十一月二十八日に矢嶋優善が浜町中屋敷詰の奥通（奥向きに伺候《しこう》すること）にせられた。表医者の名を以て信順の側《かたわら》に侍することになったのである。今尚信頼し難い優善が、責任ある職に就いたのは、五百のために心労を増す種であった」。

「その六十七」はこう始まる。私は五百の心労にしたがい、これからしばらく優善の行状を追って見ていきたい。いうまでもなく、優善の行状は渋江家の動静とふかいかかわりをもっているので、関連する限りにおいて、五百ら渋江家の人々にもふれなければならない。

抽斎の墓碑が建てられたのもこの年であった。その後、「渋江氏は台所町の邸を引き払って亀沢町に移った。これは淀川過書船支配角倉《すみのくら》与一の別邸を買ったのである。角倉の本邸は飯田町黐木坂《もちきのざか》下にあって、主人は京都で勤めていた。亀沢町の邸には庭があり池初午《はつうま》の日にがあって、そこに稲荷《いなり》と和合神《わごうじん》との祠《ほこら》があった。稲荷は亀沢稲荷と云って、初午の日には参詣人が多く、縁日商人《あきうど》が二十余の浮舗《やたいみせ》を門前に出すことになっていた。そこで角倉は邸を売るに、初午の祭りをさせると云う条件を附けて売った。今相生《あいおい》小学校になっている地所である」。

ここまで「その六十八」の記述である。後に「その七十九」で、五百がこの邸を四十五両で売ったという記述があるが、これは江戸を離れなければならないので、いわば捨値《すてね》で処分したことを意味するにちがいない。この記述に亀沢町の邸は三千坪であったと書かれているから、買値ははるかに多額だったはずである。五百が渋江家に嫁すさいに贅沢奢侈な衣装類を持参したことはすでに書いたが、持参金がそれほど莫大の額であったとは考えられない。姉安が相当額の金を持参したとは信じがたい。反面、抽斎は好きなだけ書籍を買い、劇神仙を襲名するほど頻繁に観劇し、いろいろの趣味をもち、そのために費やした金額も些少であったとは思われない。そう考えると、亀沢町の邸宅を買い取る資産を持っていたことからみて、五百は蓄財にも稀有の才能を持っていたようにみえる。それはさておき、続きを読む。「その六十八」の末尾である。

「これまで渋江の家に同居していた矢嶋優善が、新に本所緑町に一戸を構えて分立したのは、亀沢町の家に渋江氏の移るのと同時であった」。

「その六十九」に入り、「矢嶋優善をして別に一家をなして自立せしめようと云うことは、前年即ち安政六（一八五九）年の末から、中丸昌庵《しょうあん》が主として勧説した所である。昌庵は抽斎の門人で、多才能弁を以て儕輩《せいはい》に推されていた。文政元（一八一八）年生であるから、当時四十三歳になって、食禄二百石八人扶持、近習医者の首位に居った。昌庵はこう云った。「優善さんは一時の心得違から貶黜《へんちつ》（官位を下げて退けること）を受けた。しかし幸《さいわい》に過《あやまち》を改めたので、一昨年故《もと》の地位に復り、昨年は奥通をさえ許された。今は抽斎先生が亡くなられてから、もう二年立って、優善さんは二十六歳になっている。わたくしは去年からそうおもっているが、優善さんの奮って自ら新《あらた》にすべき時は今である。それには一家を構えて、責《せめ》を負って事に当らなくてはならない」と云った。既にして二三のこれに同意を表するものも出来たので、五百は危みつつこの議を納れたのである。比良野貞固は初め昌庵に反対していたが、五百が意を決したので、復《また》争わなくなった」。

優善は矢嶋氏の末期養子になっていた。先代の矢嶋玄碩が亡くなった時、跡には二歳の娘鉄が遺っていた。優善が末期養子になるのについて、媒介したのが中丸昌庵であった。

「中丸は当時その師抽斎に説くに、頗る多言を費し、矢嶋氏の祀《まつり》を絶つに忍びぬと云うを以て、抽斎の情誼に愬《うった》えた。なぜと云うに、抽斎が次男優善をして矢嶋氏の女婿たらしむるのは大いなる犠牲であったからである。玄碩の遺した女《むすめ》鉄は重い痘瘡を患《うれ》えて、瘢痕満面、人の見るを厭《いと》う醜貌であった。

抽斎は中丸の言に動されて、美貌の子優善を鉄に与えた。五百は情として忍び難くはあったが、事が夫の義気に出でているので、強いて争うことも出来なかった」。

痘瘡は怖ろしい疫病であった。重いときは満面に瘢痕が現れ、他人が見るのも厭うまでになる。これは患った鉄の所為ではない。たまたま罹った痘瘡が重大、深刻な身の上の変化をもたらしたのである。私はジェンナーの人類に対する偉大な貢献を思い、鉄が憐れでならない。しかも、私にはこの末期養子の問題について優善の意向がまったく考慮されていないことが不審である。このような女性の婿になることも辛く悲しいにちがいないが、優善の意志はまるで無視されている。江戸時代末期になっても、これほどの一身にかかわる事柄について、子は親の定める所に従わなければならなかったのであった。『渋江抽斎』が私たちに教えてくれる時代の慣行、習慣であり、いわば風俗誌的興趣を覚えさせる所以である。

なお、この年、五百は七歳の子、棠を亡くし、三歳の癸己を亡くした。棠は非常に美しい子だったので、五百の嘆きもふかかったという。「五百の兄栄次郎は棠の踊を看る度に、「食い附きたいような子だ」と云った。五百も余り棠の美しさを云々《うんぬん》するので、陸は「お母あ様の姉えさんを褒めるのを聞いていると、わたしなんぞはお化のような顔をしているとしか思われない」と云い、また棠の死んだ時、「大方お母あ様はわたしを代に死なせたかったのだろう」とさえ云った。

「その七十」に入ると、「女棠が死んでから半年の間、五百は少しく精神の均衡を失して、夕暮になると、窓を開けて庭の闇を凝視していることがしばしば有った。これは何故ともなしに、闇の裏《うち》に棠の姿が見えはせぬかと待たれたのだそうである。抽斎は気遣って、「五百、お前にも似ないじゃないか、少ししっかりしないか」と飭《いまし》めた」とある。

この文章は次の文章に続く。

「そこへ矢嶋玄碩の二女、優善の未来の妻たる鉄が来て、五百に抱かれて寝ることになった。蜾蠃《ら》（ジガバチの異称）の母は情を矯《た》めて、暱《なじみ》の無い人の子を賺《すか》しはぐくまなくてはならなかったのである。さて眠っているうちに、五百はいつか懐にいる子が棠だと思って、夢現《ゆめうつつ》の境にその体を撫でていた。忽ち一種の恐怖に襲われて目を開《あ》くと、痘痕のまだ新しい、赤く引き弔《つ》った鉄の顔が、触れ合う程近い所にある。五百は覚えず咽《むせ》び泣いた。そして意識の明になると共に、「ほんに優善は可哀そうだ」とつぶやくのであった」。優善も可哀そうかもしれないし、これが彼の遊蕩の一因かもしれないが、いかにも鉄が憐れである。この文章に次いで、こう書かれている。

「緑町の家へ、優善がこの鉄を連れてはいった時は、鉄はもう十五歳になっていた。しかし世馴れた優善は鉄を子供扱にして、詞《ことば》をやさしくして宥《なだ》めていたので、二人の間には何の衝突も起らずにいた」。

さて同じ「その七十」に優善の所業について、次の記述がある。

「抽斎の蔵書は兼て三万五千部あると云われていたが、この年亀沢町に徙《うつ》って撿すると、既に一万部に満たなかった。矢嶋優善が台所町の土蔵から書籍を搬出するのを、当時まだ生きていた兄恒善が見附けて、奪い還したことがある。しかし人目に触れずに、どれだけ出して売ったかわからない。ある時は二階から本を索《なわ》に繋いで卸すと、街上に友人が待ち受けていて持ち去ったそうである。安政三（一八五六）年以後、抽斎が時々《じじ》病臥することがあって、その間には書籍の散佚《さんいつ》することが殊に多かった」。

抽斎歿後第三年、文久元（一八六二）年に入って、「その七十一」に次の逸話が記されている。

「年の初に五百は大きい本箱三つを成善の部屋に運ばせて、戸棚の中へ入れた。そしてこう云った。

「これは日本に僅《わずか》三部しか無い善《い》い版の十三経註疏《じゅうさんけいちゅうそ》だが、お父う様がお前のだと仰《おっしゃ》った。今年はもう三回忌の来る年だから、今からお前の傍《そば》に置くよ」と云った。

数日の後に矢嶋優善が、活花の友達を集めて会をしたいが、緑町の家には丁度好い座敷が無いから、成善の部屋を借りたいと云った。成善は部屋を明け渡した。

さて友達と云う数人が来て、汁粉などを食って帰った跡で、戸棚の本箱を見ると、その中は空虚であった」。

この時、何故、成善はすぐに優善の家に行って、書籍を返すよう要求しなかったのだろう。年齢の違いのために成善自身が出向くのがためらわれたのであれば、五百に依頼することもできたはずである。このような事態を放置して優善の勝手を黙認していたことも問題のように思われる。

「三月六日に優善は「身持不行跡不埒《みもちふぎょうせきふらち》」の廉《かど》を以て隠居を命ぜられ、同時に「御憐憫《ごれんびん》を以て名跡御立被下置《みゃうせきおんたてくだしおかる》」と云うことになって、養子を入れることを許された」。

養子選びには中丸昌庵らが手助けして、伊達周禎《しゅうてい》という町医を養子に迎えることになった。隠居の優善が二十七歳、養子として家督相続した周禎が四十六歳であった。養親子関係としても、ずいぶん不自然、かなり不体裁、滑稽である。

「これより先優善が隠居の沙汰を蒙った時、これがために最も憂えたものは五百で、最も憤ったものは比良野貞固である。貞固は優善を面責して、いかにしてこの辱《はずかしめ》を雪《すす》ぐかと問うた。優善は山田昌栄の塾に入って勉学したいと答えた。

貞固は先ず優善が改悛の状を見届けて、然る後に入塾せしめると云って、優善と妻鉄とを自邸に引き取り、二階に住わせた。

さて十月になってから、貞固は五百を招いて、倶《とも》に優善を山田の塾に連れて往った。塾は本郷弓町にあった。

この塾の月俸は三分二朱であった。貞固の謂うには、これは聊《いささか》の金ではあるが、矢嶋氏の禄を受くる周禎が当然支出すべきもので、また優善の修行中その妻鉄をも周禎があずかるが好いと云った。そしてこの二件を周禎に交渉した。周禎はひどく迷惑らしい答をしたが、後に渋りながらも承諾した。(中略)

山田の塾には当時門人十九人が寄宿していたが、未だ幾《いくばく》もあらぬに梅林松弥と云うものと優善とが塾頭にせられた」。

おそらく優善は容貌がすぐれていただけではなく、たいへんな才子で、しかも人好きのする性格だったのであろう。反面、交際も好き、遊蕩も好き、自制心に欠けるところがあったのであろう。

この後の優善の行状も見ておくことにしたい。山田塾の塾頭の一人に推されたことまではともかく、その後は「その七十四」に書かれている。

「矢嶋優善は山田の塾に入って、塾頭に推されてから、やや自重するものの如く、病家にも信頼せられて、旗下の家庭にして、特に矢嶋の名を斥《さ》して招請するものさえあった。五百も比良野貞固もこれがために頗《すこぶ》る心を安んじた。

既にしてこの年二月の初午《はつうま》の日となった。渋江氏では亀沢稲荷の祭を行うと云って、親戚故旧を集《つど》えた。優善も来て宴に列し、清元を語ったり茶番を演じたりした。五百はこれを見て苦々しくは思ったが、酒を飲まぬ優善であるから、縦《よし》しや少しく興に乗じたからと云って、後に累《わずらい》を貽《のこ》すような事はあるまいと気に掛けずにいた。

優善が渋江の家に来て、その夕方に帰ってから、二三日立った頃の事である。師山田椿《ちん》庭《てい》が本郷弓町から尋ねて来て、「矢嶋さんはこちらですか、余り久しく御滞留になりますから、どうなされたかと存じて伺いました」と云った。

「優善は初午の日にまいりましたきりで、あの日には晩の四つ頃に帰りましたが」と、五百は訝《いぶ》かしげに答えた。

「はてな。あれから塾へは帰られませんが。」椿庭はこう云って眉を蹙《しか》めた。

五百は即時に人を諸方に馳せて捜索せしめた。優善の所在はすぐに知れた。初午の夜に無銭で吉原に往き、翌日から田町の引手茶屋に潜伏していたのである。

五百は金を償って優善を帰らせた。さて比良野貞固、小野富穀の二人を呼んで、いかにこれに処すべきかを議した。幼い成善も、戸主だと云うので、その席に列った」。

私は矢嶋優善の行動にただ唖然とする。比良野貞固は、優善に自分の家で詰腹を切らせるという意見であった。小野富穀は顔面土のようになって一語を発することを得なかった。五百は貞固に、ご意見はご尤もだが考えさせてほしいと言い、翌日、貞固を訪ねて、「自分も一死がその分であるとは信じている。しかし晴がましく死なせることは、家門のためにも、君侯のためにも望ましくない。それゆえ切腹に代えて、金毘羅《こんぴら》に起請文《きしょうもん》を納めさせたい」という趣旨のことを話して、貞固の了解を得た。五百はやはり優善が可愛かったのであろう。母として、いかに不行跡であってもむざむざ死なすことは忍び難いことは理解できないわけではない。

五百は優善に起請文を書かせたが、虎の門の金毘羅に持参したものの、結局、納めなかった、と「その七十五」に書かれている。
その後の優善の動静が現れるのは「その七十九」である。ここには「抽斎歿後の第九年は慶応三（一八六七）年である。矢嶋優善は本所緑町の家を引き払って、武蔵国北足立郡川口に移り住んだ。知人《しるひと》があって、この土地で医業を営むのが有望だと勧めたからである。しかし優善が川口にいて医を業としたのは、僅《わずか》の間である。「どうも独身で田舎にいて見ると、土臭い女がたかって来て、うるさくてならない」と云って、亀沢町の渋江の家に帰って同居した。当時優善は三十三歳であった」。

4

抽斎歿後第二年、万延元（一八六〇）年、「成善はまだ四歳であったが、夙《はや》くも浜町中屋敷の津軽信順に近習として仕えることになった。勿論時々機嫌を伺いに出るに止《とど》まっていたであろう。この時新に中小姓になって中屋敷に勤める矢川文一郎と云うものがあって、穉《おさな》い成善の世話をしてくれた」とある。

この矢川文一郎については、その出自、後に成善の姉婿になったこと、その容貌にみずから恃む所があったこと、吉原の娼妓と同衾し、夜半、彼女の義眼に驚いたことなどが紹介されている。

この年十月、成善は海保漁村と小嶋成斎の門に入った。これらの師二人については「その六十八」に数行ずつの説明があるが、略する。

「その七十二」は「矢川氏ではこの年文一郎が二十一歳で、本所二つ目の鉄物問屋平野屋の女柳を娶った」と始まり、次の記述に続く。

「石塚重兵衛の豊芥子《ほうかいし》は、この年十二月十五日に六十三歳で歿した。豊芥子が渋江氏の扶助を仰ぐことは、ほとんど恒例の如くになっていた。五百は石塚氏にわたす金を記す帳簿を持っていたそうである。しかし抽斎はこの人の文字を識って、広く市井の事に通じ、また劇の沿革を審《つまびらか》にしているのを愛して、来り訪う毎に歓び迎えた。今抽斎に遅るること三年で世を去ったのである。

人の死を説いて、直ちにその非を挙げむは、後言《しりうごと》（蔭口の意）めく嫌《きらい》はあるが、抽斎の蔵書をして散佚《さんいつ》せしめた顚末《てんまつ》を尋ぬるときは、豊芥子もまた幾分の責を分たなくてはならない。その持ち去ったのは主に歌舞音曲の書、随筆小説の類である。その他書画骨董にも、この人の手から商估《しょうこ》の手にわたったものがある。ここに保さんの記憶している一例を挙げよう。抽斎の遺物に円山応挙の画百枚があった。題材は彼の名高い七難七福の図に似たもので、わたくしはその名を保さんに聞いて記憶しているが、少しくこれを筆にすることを憚る。装潢《そうこう》（表装のこと）頗《すこぶ》る美にして桐《きり》の箱入になっていた。この画と木彫の人形数個とを、豊芥子は某会に出陳すると云って借りて帰った。人形は六歌仙と若衆とで、寛永時代の物だとか云うことであった。これは抽斎が「三坊には雛人形を遣らぬ代にこれを遣る」と云ったのだそうである。三坊とは成善の小字《おさなな》三吉である。五百は度々清助と云う若党を、浅草諏訪町の鎌倉屋へ遣って、催促して還させようとしたが、豊芥子は言《こと》を左右に託して、遂にこれを還さなかった」。

渋江抽斎の豊芥子に対する寛容さに彼の性格を窺うことができるし、五百の几帳面な性格も理解できるように思われる。それにしても豊芥子が遂に返さないままで終わったことは、もう明治維新が近いとはいえ、江戸末期は現代ほど世知辛くはなかったためかもしれないし、秩序を紊乱していたためかもしれない。

「その七十二」の終りに、次のとおり記されている。

「この年の抽斎が忌日の頃であった。小嶋成斎は五百に勧めて、猶存している蔵書の大半を、中橋埋地の柏軒が家にあずけた。柏軒はお玉が池に第宅《ていたく》を移す時も、家財と共にこれを新居に搬び入れて、一年間位鄭重《ていちょう》に保護していた」。

5

抽斎歿後第四年は文久二（一八六二）年であり、「その七十三」はこの年の出来事を記している。初めに成善が賞賜を受けた事実が記されている。以下の事実である。

「抽斎は世にある日、藩主に活版薄葉刷《うすようずり》の医方類聚《いほうるいじゅ》を献ずることにしていた。書は喜多村栲窓の校刻する所で、月ごとに発行せられるのを、抽斎は生を終るまで次を逐って上《たてまつ》った。成善は父の歿後相継いで納本していたが、この年に至って全部を献じ畢った。八月十五日順承は重臣を以て成善に「御召御紋御羽織並御酒御吸物」を賞賜した」。

この年十月、成善の筆札の師小嶋成斎が六十七歳で死歿した。

「成善がこの頃母五百と倶に浅草永住町の覚音寺に詣でたことがある。覚音寺は五百の里方山内氏の菩提所《ぼだいしょ》である。帰途二人は蔵前通を歩いて桃太郎団子の店の前に来ると、五百の相識の女と邂逅した。これは五百と同じく藤堂家に仕えて、中老になっていた人である。五百は久しく消息の絶えていたこの女と話がしたいと云って、程近い横町にある料理屋誰袖《たがそで》に案内した。成善も跡に附いて往った。誰袖は当時川長、青柳、大七などと並称せられた家である。

三人の通った座敷の隣に大一座の客があるらしかった。しかし声高く語り合うこともなく、矧《まし》てや絃歌の響などは起らなかった。暫くあってその座敷が遽《にわか》に騒がしく、多人数の足音がして、跡はまたひっそりとした。

給仕に来た女中に五百が問うと、女中は云った。「あれは札差の檀那衆《だんなしゅ》が悪作劇《いたずら》をしてお出《いで》なすったところへ、お辰さんが飛び込んでお出なすったのでございます。蒔《ま》き散らしてあったお金をそのままにして置いて、檀那衆がお逃なさると、お辰さんはそれを持ってお帰なさいました」と云った。お辰と云うのは、後盗をして捕えられた旗本青木弥太郎の妾である。

女中の語り畢る時、両刀を帯びた異様の男が五百等の座敷に闖入して「手前達も博奕《ばくち》の仲間だろう、金を持っているなら、そこへ出してしまえ」と云いつつ、刀を抜いて威嚇した。

「なに、この騙《かた》り奴《め》が」と五百は叫んで、懐剣を抜いて起った。男は初の勢にも似ず、身を飜して逃げ去った。この年五百はもう四十七歳になっていた」。

これは五百の武勇談であり、彼女の性格と勇気とをよく示しているが、それよりも、この挿話は全体として幕末の風俗を教える素材として興味ふかい。私たちは、国定忠治とか、大前田栄五郎とか、笹川繁蔵などの博徒に馴染みがふかいので、賭博が公認されていたかのように錯覚しているが、江戸時代においても賭博は禁制であった。関東には天領、旗本領が多く、そうした領地では取締まりが厳しくなかったのでこうした博徒が横行したのであり、そのために関八州取締といった役人が設けられたのであった。賭博が違法だからお辰に乗りこまれて札差たちは逃げ出さざるをえなかったのである。それにしても、江戸でもっとも富裕な札差たちが昼日中から集って賭博に耽っているという状態も経済活動の停滞を示しているし、旗本の妾がこうした脅しをかけて金を奪いとり、たぶん、後に五百の許にあらわれたのがその旗本であろうが、これも徳川幕藩体制末期の幕府の旗本たちの頽廃を示しているであろう。『渋江抽斎』の興趣はこのような風俗を私たちの前に彷彿とさせることにある、と私は考える。

6

この年九月、伊沢柏軒は渋江氏から預かっていた抽斎の蔵書を返した。これは「九月の九日に将軍家茂が明年二月を以て上洛すると云う令を発して、柏軒はこれに随行する準備をしたからである」。柏軒は奥医師になっていた。奥医師とは将軍が病気に罹ったさいに治療にあたる医師をいう。柏軒が奥医師になったさい、柏軒の子、鉄三郎の手習の師であった小嶋成斎の鉄三郎に対する待遇が一変したそうである。この事実は「その七十六」の冒頭に記されている。以下に森鷗外の文章を引用する。

「小嶋成斎が神田の阿部家の屋敷に住んで、二階を教室にして、弟子に手習をさせた頃、大勢の児童が机を並べている前に、手に鞭を執って坐し、筆法を正すに鞭の尖を以て指《ゆびさ》し示し、その間には諧謔を交えた話をしたことは、前に書いた。成斎は話をするに、多く伊沢柏軒の子鉄三郎を相手にして、鉄坊鉄坊と呼んだが、それが意あってか、どうか知らぬが、鉄砲鉄砲と聞えた。弟子等もまた鉄三郎を鉄砲さんと呼んだ。

成斎が鉄砲さんを揶揄《からか》えば、鉄砲さんも必ずしも師を敬ってばかりはいない。往々戯言《けげん》を吐いて尊厳を冒すことがある。成斎は「おのれ鉄砲奴《め》」と叫びつつ、鞭を揮《ふる》って打とうとする。鉄砲は笑って逃げる。成斎は追い附いて、鞭で頭を打つ。「ああ、痛い、先生ひどいじゃありませんか」と、鉄砲はつぶやく。弟子等は面白がって笑った。こう云う事はほとんど毎日あった。

然るにこの年の三月になって、鉄砲さんの父柏軒が奥医師になった。翌日から成斎ははっきりと伊沢の子に対する待遇を改めた。例之《たとえ》ば筆法を正すにも「徳安さん、その点はこうお打なさいまし」と云う。鉄三郎はよほど前に小字《おさなな》を棄てて徳安と称していたのである。この新な待遇は、不思議にも、これを受ける伊沢の嫡男をして忽《たちま》ち態度を改めしめた。鉄三郎の徳安は甚だしく大人しくなって、ほとんどはにかむように見えた」。

将軍にお目見えすると、周囲の人々が格別の敬意をはらうようになることはすでに見てきた。奥医師という身分もまた、周囲の人々に格別の畏敬の念を抱かせたらしい。これは徳川将軍家の権威を重視させるために幕府が政策的に普及させた慣行にちがいない。小嶋成斎はこのような慣行に馴染んでいたであろうし、事大主義者でもあったろう。

この逸話は、前段の手習いの情況がどんなものだったかを教える意味で風俗誌的意味があるし、奥医師に対する周囲の人々が感じていた畏敬の念を知る上でも、やはり風俗誌的な興味をそそるものがある。

それほどに幕藩体制下、奥医師の地位は高かったわけだが、この時の家茂の上洛はその奥医師をして身の回りを整理させることを促すほどに極度に緊張したものであったことを『渋江抽斎』の記述から読みとることができるのである。これもほとんど知られていないことなので、私はつよい感興を覚える。

こうして伊沢柏軒から返された書籍を渋江家では比良野貞固と諮って津軽家の倉庫に預けることにした。当時の目録によれば、預けられた書籍は三千五百余にすぎなかった、という。

「津軽家ではこの年十月十四日に、信順が浜町中屋敷において、六十三歳で卒した。保さんの成善は枕辺《まくらべ》に侍していた」。

抽斎歿後第五年は文久三（一八六三）年である。「伊沢柏軒はこの年五十四歳で歿した。徳川家茂に随って京都に上り、病を得て客死したのである」。

抽斎歿後第六年は元治元（一八六四）年である。この年、森枳園は「躋寿館の講師たるを以て、幕府の月俸を受けることになった」。江戸から夜逃げした昔日を思えば夢のような身の上の変化である。

抽斎歿後第七年は慶応元（一八六五）年である。渋江家では「六月二十日に翠暫が十一歳で夭札《ようさつ》した。比良野貞固はこの年四月二十七日に妻かなの喪に遭った。かなは文化十四（一八一七）年の生で四十九歳になっていた。内に倹素を忍んで、外に声望を張ろうとする貞固が留守居の生活は、かなの内助を待って始て保続せられたのである。かなの死後に、親戚僚属は頻《しきり》に再び娶らむことを勧めたが、貞固は「五十を踰《こ》えた花婿になりたくない」と云って、久しくこれに応ぜずにいた」。

抽斎歿後第八年、慶応二（一八六六）年に入り、「その七十八」の記述を読むこととなる。比良野貞固は「稲葉氏から来た養子房之助と二人で、鰥暮《やもおぐら》しをしていたが、無妻で留守居を勤めることは出来ぬと説くものが多いので、貞固の心がやや動いた」。

その結果、表坊主の大須という者の娘である照を娶ったらどうか、と勧められ、留守居役所で使っている下役の杉浦喜左衛門という者を遣って、照を見させた。喜左衛門の報告によれば、照は言語挙止いかにもしとやかであるとのことであった。そこで貞固は照を娶ることにした。「婚礼の当日に、五百は比良野の家に往って新婦を待ち受けることになった。貞固と五百とが窓の下《もと》に対坐していると、新婦の轎《かご》は門内に舁《か》き入れられた。五百は轎を出る女を見て驚いた。身の丈極て小さく、色は黒く鼻は低い。その上口が尖って歯が出ている。五百は貞固を顧みた。貞固は苦笑《にがわらい》をして、「お姉えさん、あれが花よめ御ですぜ」と云った」。

杉浦喜左衛門に訊ねると「わたくしはお照殿にお近づきになりたいと、先方へ申し込んで、先方からも委細承知したと云う返事があって参ったのでございます。その席へ立派にお化粧をして茶を運んで出て、暫時《ざんじ》わたくしの前にすわっていて、時候の挨拶をいたしたのは、兼て申し上げたとおりの美しい女でございました。今日参ったよめ御は、その日に菓子鉢か何か持って出て、閾《しきい》の内までちょっとはいったきりで、すぐに引き取りました」といった答えであった。

ここまでが「その七十八」の記述で、「その七十九」は「五百は杉浦喜左衛門の話を聞いて色を変じた。そして貞固に「どうなさいますか」と問うた」と始まる。五百も杉浦も破談にするよう勧めたが、貞固は「お姉えさん御心配をなさいますな。杉浦も悔《くや》まぬが好い。わたしはこの婚礼をすることに決心しました。お坊主を恐れるのではないが、喧嘩を始めるのは面白くない。それにわたしはもう五十を越している。器量好みをする年でもない」と言った、と記されている。続いて次の記述がある。

「貞固は遂に照と杯をした。照は天保六（一八三五）年生で、嫁した時三十二歳になっていた。醜いので縁遠かったのであろう。貞固は妻の里方と交るに、多く形式の外に出でなかったが、照と結婚した後間もなくその弟玄琢《げんたく》を愛するようになった。大須玄琢は学才があるのに、父兄はこれに助力《じょりき》せぬので、貞固は書籍を買って与えた。中には八尾板《やおばん》の史記などのような大部のものがあった」。

この問題を一読すると比良野貞固という人物が鷹揚な性格であったように見えるが、考えてみると貞固はまことに粗雑と言わざるをえない。というのは、再婚すると決めた以上、娶るべき女性が留守居という役職にある家の財政を切り盛りできるような才覚があるか、自分と折れ合っていけるような性質であるか、教養、趣味など家庭を営むに適したものをもっているか、などが求められるのだから、当初から自分が出向いて、こうしたことを確かめるのが当然である。これを部下に見に行かせたことは器量だけに関心があったと見られても致し方がない。そういう観点から考えると、貞固が照を娶ったことについて貞固に褒められる余地はないように思われる。ついでながら、抽斎歿後の第九年、慶応三（一八六七）年、比良野貞固の妻照は女子を産んだ。

いったい、男女の間で、器量の良し悪しが持つ意義の重さには比べようもないほど差がある。男性のばあいは器量が悪くても、たとえば背が低いとか、鼻が低いとかいうような弱点があっても、学識、経歴などで、器量の悪さを補うことができるから、器量は彼の結婚その他において減点要素になることは少ない。しかし、女性のばあい、器量の悪さの程度にもよるけれども、なまじのことで器量の悪さを補うことはできない。まことに女性は不幸に生れついている。現在でさえ、国際機関や一国の政治家で重要な役職についている女性には器量の良い方が多いし、さほど器量は見栄えがしなくても、悪いというほどでなく、人間性に迫力が感じられる方が多い。ただ、器量の良し悪しは通常、二十歳前後の女性の目鼻立ちについて言われるが、特に目鼻立ちが良いと言われるほどではない女性が、教養、経験などを積み、四十歳過ぎになってじつに典雅で、品格が高く、あるいは人間的に迫力のある、その結果、見栄えがするようなことも決して稀ではない。

ただ何時になったらこのような男女間の不平等がなくなるか。たぶん近い将来に器量が女性に与えているハンディキャップがなくなることはあるまい。これはまったく横道に逸れた感想である。

7

抽斎歿後の第十年、明治元（一八六八）年、「伏見、鳥羽の戦を以て始まり、東北地方に押し詰められた佐幕の余力が、春より秋に至る間に漸く衰滅に帰した年である。最後の将軍徳川慶喜が上野寛永寺に入った後に、江戸を引き上げた弘前藩の定府の幾組かがあった。そしてその中に渋江氏がいた」と森鷗外は書いている。以下がその続きである。

「渋江氏では三千坪の亀沢町の地所と邸宅とを四十五両に売った。畳一枚の価は二十四文であった。庭に定所、抽斎父子の遺愛の木たる樫柳《ていりゅう》がある。神田の火に逢って、幹の二大枝に岐《わか》れているその一つが枯れている。神田から台所町へ、台所町から亀沢町へ徙《うつ》されて、幸に凋《しお》れなかった木である。また山内豊覚が遺言して五百に贈った石燈籠がある。五百も成善も、此等の物を棄てて去るに忍びなかったが、されば とて木石を百八十二里の遠きに致さんことは、王侯富豪も難んずる所である。ましてや一身の安きをだに期し難い乱世の旅である。母子はこれを奈何《いかん》ともすることが出来なかった。

食客は江戸もしくはその界隈に寄るべき親戚を求めて去った。奴婢は、弘前に随い行くべき若党二人を除く外、悉く暇《いとま》を取った。こう云う時に、年老いたる男女の往《ゆ》いて投ずべき家の無いものは、愍《あわれ》むべきである。山内氏から来た牧は二年前に死んだが、跡にまだ妙了尼がいた。

妙了尼の親戚は江戸に多かったが、この時になって誰一人引き取ろうと云うものが無かった。五百は一時当惑した」。

ここで「その七十九」が終わり、「その八十」に続く。

「渋江氏が本所亀沢町の家を立ち退こうとして、最も処置に困《くるし》んだのは妙了尼の身の上であった。この老尼は天明元(一七八一)年に生れて、已《すで》に八十八歳になっている。津軽家に奉公したことはあっても、生れてから江戸の土地を離れたことの無い女である。それを弘前へ伴うことは、五百がためにも望ましくない。また老いさらぼいたる本人のためにも、長途の旅をして知人《しるひと》の無い遠国に往くのはつらいのである。

本《もと》妙了は特に渋江氏に縁故のある女ではない。神田豊嶋町の古着屋の女《むすめ》に生れて、真寿院の女小姓を勤めた。さて暇《いとま》を取ってから人に嫁し、夫を喪って剃髪した。夫の弟が家を嗣ぐに及んで、初め恋愛していたために今憎悪する戸主に虐遇せられ、それを耐え忍んで年を経た。亡夫の弟の子の代になって、虐遇は前に倍し、剰《あまつさ》え眼病を憂えた。これが弘化二（一八四五）年で、妙了が六十三歳になった時である。

妙了は眼病の治療を請いに抽斎の許へ来た。前年に来り嫁した五百が、老尼の物語を聞いて気の毒がって、遂に食客にした。それからは渋江の家にいて子供の世話をし、中にも棠と成善とを愛した。

妙了の最も近い親戚は、本所相生町に石灰屋《しっくいや》をしている弟である。しかし弟は渋江氏の江戸を去るに当って、姉を引き取ることを拒んだ。その外今川橋の飴屋《あめや》、石原の釘屋《くぎや》、箱崎の呉服屋、豊嶋町の足袋屋なども、皆縁類でありながら、一人として老尼の世話をしようと云うものは無かった。

幸に妙了の女姪《めい》が一人富田十兵衛と云うものの妻《さい》になっていて、夫に小母の事を話すと、十兵衛は快く妙了を引き取ることを諾した。十兵衛は伊豆国韮山《にらやま》の某寺に寺男をしているので妙了は韮山に往った」。

これで、渋江一家の弘前行のための障害がすべて解消することになった。幸いにも、韮山の姪に引き取られることになったとはいえ、八十八歳になって誰も世話をみてやろうという親戚知己がいない妙了尼の身の上は憐れである。ことは五百の親切に始まる。ただ、渋江家にはいつも数人の食客がいたようだから、一人増えてもどうということはないと五百は考えたのだろうし、徳川幕府の瓦解というような事態は夢想もしていなかったにちがいない。それ故、五百の侠気を責めることはできない。しかし、妙了は渋江で居心地よく暮らし、身寄り、親戚とも親しくつきあっていなかったのではないか。彼女とすれば、渋江家の子供たちの世話をするだけで手一杯だったかもしれないが、ふだんから弟をはじめとする親戚の誰彼と親しく交際していたら、これほど冷たくあしらわれることはなかったのではないか。そんな人生訓を引き出すことができそうな挿話である。このような人間関係の機微に触れるのも『渋江抽斎』の感興といってよい。さて、そこで五百らは弘前に向け、江戸を離れることとなる。

「四月朔に渋江氏は亀沢町の邸宅を立ち退いて、本所横川の津軽家の中屋敷に徙《うつ》った。次で十一日に江戸を発した。この日は官軍が江戸城を収めた日である。

一行は戸主成善十二歳、母五百五十三歳、陸二十二歳、水木十六歳、専六十五歳、矢嶋優善三十四歳の六人と若党二人とである。若党の一人は岩崎駒五郎と云う弘前のもので、今一人は中条勝次郎と云う常陸国土浦のものである」。

同行者は矢川文一郎一家と浅越玄隆一家であり、それぞれの一家に属する人々が記されているが、略する。次いで、次の記述がある。

「ここにこの一行に加わろうとして許されなかったものがある。わたくしはこれを記するに当って、当時の社会が今と殊なることの甚だしきを感ずる。奉公人が臣僕の関係になっていたことは勿論であるが、出入の職人商人《あきうど》もまた情誼が頗《すこぶ》る厚かった。渋江の家に出入する中で、職人には飾屋長八と云うものがあり、商人には鮓屋《すしや》久次郎と云うものがあった。長八は渋江氏の江戸を去る時墓木拱《ぼぼくきょう》（墓に植えた木が両手でかこむほど大きくなったこと、死んで久しい年月が経ったことをいうが、「その八十一」の記述とは矛盾している）していたが、久次郎は六十六歳の翁《おきな》になって生存《ながら》えていたのである」。

ここで、森鷗外は『渋江抽斎』執筆の動機が必ずしもたんに抽斎の生涯を記録することでなく、その周辺の人々の運命、心情を語り、さらに当時の時代風俗、習慣、慣行、人情といったものを描くことにあったことを告白しているのである。これら二人について「その八十一」は次のとおり事情を説明している。

「飾屋長八は渋江氏の出入だと云うのみではなかった。天保十（一八三九）年に抽斎が弘前から帰った時、長八は病んで治療を請うた。その時抽斎は長八が病のために業を罷《や》めて、妻と三人の子とを養うことの出来ぬのを見て、長屋に住わせて衣食を給した」。

ここまでの事情から見れば、恩義を感じていた長八が弘前への旅に同行したいと申し出ることは当然あり得ることのように思われる。しかし、この文章は次のように続くのである。

「安政五（一八五八）年に抽斎の歿した時、長八は葬式の世話をして家に帰り、例に依って晩酌の一合を傾けた。そして「あの檀那様がお亡くなりなすって見れば、己《おれ》もお供をしても好いな」と云った。それから二階に上がって寝たが、翌朝起きて来ぬので女房が往って見ると、長八は死んでいたそうである」。

これでは、長八が弘前への旅に同行したいと申し出ることはできない。長八が生きていたら同行を申し出たかもしれないが、抽斎の葬儀の後にすぐ死んでしまったのでは、同行を申し出られるはずもない。いったいこの前の章で、森鷗外は渋江氏の一行に加わろうとして許されなかったものもいた、と言い、職人、商人の情誼について語っているのだから、ここでは当然同行を申し出た職人の例を示すべきところである。私は長八の挿話は森鷗外の書き損じ、何かの間違いで書き加えたとしか思われない。

「鮓屋久次郎は本《もと》ぼて振《ふり》の肴屋《さかなや》であったのを、五百の兄栄次郎が贔屓《ひいき》にして資本を与えて料理屋を出させた。幸に鮓久の庖丁は評判が好かったので、十ばかり年の少《わか》い妻を迎えて、天保六（一八三五）年に倅《せがれ》豊吉をもうけた。享和三（一八〇三）年生の久次郎は当時三十三歳であった。後九年にして五百が抽斎に嫁したので、久次郎は渋江家にも出入することになって、次第に親しくなっていた。

渋江氏が弘前に徙《うつ》る時、久次郎は切に供をして往くことを願った。三十四歳になった豊吉に、母の世話をさせることにして置いて、自分は単身渋江氏の供に立とうとしたのである。この望を起すには、弘前で料理店を出そうと云う企業心も少し手伝っていたらしいが、六十六歳の翁が二百里足らずの遠路を供に立って行こうとしたのは、主に五百を尊崇する念から出たのである。渋江氏では故なく久次郎の願を卻《しりぞ》けることが出来ぬので、藩の当事者に伺がったが、当事者はこれを許すことを好まなかった。五百は用人河野六郎の内意を承けて、久次郎の随行を謝絶した。久次郎はひどく落胆したが、翌年病に罹って死んだ」。

まさに江戸の商人の篤い情誼の事例だが、五百の人徳によるところ多かったようである。

こうして、旅立ちの一行が決まった。

8

「渋江氏の一行は本所二つ目橋の畔《ほとり》から高瀬舟に乗って、竪川《たてがわ》を漕がせ、中川より利根川に出で、流山、柴又等を経て小山に著いた。江戸を距《さ》ること僅《わずか》に二十一里の路に五日を費した。近衛家に縁故のある津軽家は、西館孤清《にしだてこせい》の斡旋に依って、既に官軍に加わっていたので、路の行手の東北地方は、秋田の一藩を除く外、悉く敵地である。一行の渋江、矢川、浅越の三氏の中では、渋江氏は人数も多く、老人があり少年少女がある。そこで最も身軽な矢川文一郎と、乳飲子を抱いた妻と云う累《わずらい》を有するに過ぎぬ浅越玄隆とをば先に立たせて、渋江一家が跡に残った。

五百等の乗った六挺の駕籠《かご》を矢嶋優善が宰領して、若党二人を連れて、石橋駅に掛かると、仙台藩の哨兵線に出合った。銃を擬した兵卒が左右二十人ずつ轎《かご》を挟《さしはさ》んで、一つ一つ戸を開けさせて誰何《すいか》する。女の轎は仔細なく通過させたが、成善の轎に至って、審問に時を費した。この晩に宿に著いて、五百は成善に女装させた。

出羽の山形は江戸から九十里で、弘前に至る行程の半である。常の旅には此《ここ》に来ると祝う習であったが、五百等はわざと旅店を避けて鰻屋《うなぎや》に宿を求めた」。

ここから「その八十二」に入る。渋江五百らの一行は山形から弘前への旅を続ける。

「山形から弘前に往く順路は、小坂峠を踰《こ》えて仙台に入るのである。五百等の一行は仙台を避けて、板谷峠を踰えて米沢に入ることになった。しかしこの道筋も安全では無かった。上山《かみのやま》まで往くと、形勢が甚だ不穏なので、数日間淹留《えんりゅう》した」。

彼らの艱難辛苦の旅を引用することは控える。秋田藩は官軍なので秋田藩領に入り、矢立峠を越えるのが、この旅の最後になる。この箇所の記述を引用する。

「さて矢立峠を踰え、四十八川を渡って、弘前へは往くのである。矢立峠の分水線が佐竹、津軽両家の領地界《ざかい》である。そこを少し下ると、碇関《いかりがせき》と云う関があって番人が置いてある。番人は鑑札を検してから、始て慇懃な詞《ことば》を使うのである。人が雲表に聳ゆる岩木山を指《ゆびさ》して、あれが津軽富士で、あの麓《ふもと》が弘前の城下だと教えた時、五百等は覚えず涙を飜《こぼ》して喜んだそうである。

弘前に入ってから、五百等は土手町の古着商伊勢屋の家に、藩から一人一日金一分の為《し》向《むけ》を受けて、下宿することになり、そこに半年余りいた。船廻しにした荷物は、程経て後に着いた」。

これから明治維新という変動期を生きぬくことは、江戸、弘前間の旅の苦難とは比較にもならない、無数の困難に立ち向かうことである。どのような困難が待ち受けていたかをこれから知ることになる。

第五章

1

弘前に着いて以後の渋江家の人々がどういう境遇にあり、どのように身を処したかについては、森鷗外は『渋江抽斎』において、一家の人々のすべてを、各人について数章にまたがることはあっても、そうじて、まとめて経時的に叙述する手法を採用している。しかし、私はこのような手法を採らず、各人について個別に記すことにしたい。ただし、いうまでもなく、記述する事実は森鷗外が『渋江抽斎』に記している事実に由る。また、渋江家の人々の動静を語る以上、家族の間の相互の関係にも立ち入らなければならないので、厳密に各人についての叙述とすることはできない。

2

初めに成善を採り上げることにする。『渋江抽斎』の「その八十二」の末尾に次のとおり記されている。

「成善は近習小姓の職があるので、毎日登城することになった。宿直は二箇月に三度位であった。

成善は経史を兼松石居に学んだ。江戸で海保竹逕の塾を辞して、弘前で石居の門を敲《たた》いたのである。石居は当時既に蟄居《ちっきょ》を免《ゆる》されていた。医学は江戸で多紀安琢の教を受けた後、弘前では別に人に師事せずにいた。

戦争は既に所々に起って、飛脚が日ごとに情報を齎《もたら》した。共に弘前へ来た矢川文一郎は、二十八歳で従軍して北海道に向うことになった」。

「その八十三」には「冬になってから渋江氏は富田新町の家に遷ることになった。そして知行は当分の内六分引を以て給すると云う達しがあって、実は宿料食料の外何の給与もなかった。これが後二年にして秩禄《ちつろく》に大削減を加えられる発端であった」とある。

この秩禄の削減について「その八十七」に次のとおり記されている。

「抽斎歿後の第十二年は明治三（一八七〇）年である。六月十八日に弘前藩士の秩禄は大削減を加えられ、更に医者の降等が令せられた。禄高は十五俵より十九俵までを十五俵に、二十俵より二十九俵までを二十俵に、三十俵より四十九俵までを三十俵に、五十俵より六十九俵までを四十俵に、七十俵より九十九俵までを六十俵に、百俵より二百四十九俵までを八十俵に、二百五十俵より四百九十九俵までを百俵に、五百俵より七百九十九俵までを百五十俵に、八百俵以上を二百俵に減ぜられたのである。そして従来石高を以て給せられていたものは、そのまま俵と看做《みな》して同一の削減を行われた。そして士分を上士、中士、下士に班《わか》って、各班に大少を置いた。二十俵を少下士、三十俵を大下士、四十俵を少中士、八十俵を大中士、百五十俵を少上士、二百俵を大上士にすると云うのである。

渋江氏は原禄三百石であるから、中の上に位するはずで、小禄の家に比ぶれば、受くる所の損失が頗《すこぶ》る大きい。それでも渋江氏はこれを得て満足する積でいた。

然るに医者の降等の令が出て、それが渋江氏に適用せられることになった。本《もと》成善は医者の子として近習小姓に任ぜられているには違無い。しかし未だかつて医として仕えたことはない。しかのみならず令の出づるに先立って、十四歳を以て藩学の助教にせられ、生徒に経書を授けている。これは師たる兼松石居が已《すで》に屏居《へいきょ》を免されて藩の督学を拝したので、その門人もまた挙用せられたのである。かつ先例を按ずるに、歯科医佐藤春益の子は、単に幼くして家督したために、平士にせられている。況《いわん》や成善は分明に儒職にさえ就いているのである。成善がこの令を己に適用せられようと思わなかったのも無理は無い。

しかし成善は念のため大参事西館孤清、少参事兼大隊長加藤武彦の二人を見て意見を叩《たた》いた。二人皆成善を医として視るべきでないと云った。武彦は前《さき》の側用人兼用人清兵衛の子である。何ぞ料《はか》らむ、成善は医者と看做されて降等に逢い、三十俵の禄を受くることとなり、剰《あまつさ》え士籍の外にありなどとさえ云われたのである。成善は抗告を試みたが、何の功をも奏せなかった」。

秩禄の削減はすさまじいものだが、明治維新とはほぼ平和裡に行われ、戊辰戦争、函館戦争など小規模の戦争にとどまったが、やはり革命とみるべきものであり、そういう非常時の移行態様としては止むを得ないものであったのかもしれない。成善が医師と見做されて降等され、士籍の外にあるとされたのは気の毒であり、同情の気持ちがつよいが、渋江家は元来医師として津軽家に仕えてきたことを思えば、あながち争うべきことではないと思われる。「その八十八」にさらに成善を医と見た理由などが記されているが、蛇足のように思われるので、その紹介は省略する。

3

「抽斎歿後の第十三年は明治四（一八七一）年である。成善は母を弘前に遺して、単身東京に往くことに決心した。その東京に往こうとするのは、一には降等に遭って不平に堪えなかったからである。二には減禄の後は旧に依って生計を立てて行くことが出来ぬからである。その母を弘前に遺すのは、脱藩の疑を避けむがためである。

弘前藩は必ずしも官費を以て少壮者を東京に遣ることを嫌わなかった。これに反して私費を以て東京に往こうとするものがあると、藩は已《すで》にその人の脱藩を疑った。況《いわん》や家族をさえ伴おうとすると、この疑は益《ますます》深くなるのであった。

成善が東京へ往こうと思っているのは久しい事で、しばしばこれを師兼松石居に謀った。石居は機を見て成善を官費生たらしめようと誓った。しかし成善は今は徐《しずか》にこれを待つことが出来なくなったのである。

さて成善は私費を以て往くことを敢《あえ》てするのであるが、猶母だけは遺して置くことにした。これは已むことを得ぬからである。何故と云うに、もし成善が母と倶に往こうと云ったなら、藩は放ち遣ることを聴《ゆる》さなかったであろう。

成善は母に約するに、他日東京に迎え取るべきことを以てした。しかし藩の必ずこれを阻格《そかく》（はばみ拒むこと）すべきことは、母子皆これを知っていた。約《つづ》めて言えば、弘前を去る成善には母を質《ち》とするに似た恨があった。

藩が脱藩者の輩出せむことを恐るるに至ったのは、二三の忌むべき先例があったからである。その首《しゅ》に居るものは、彼の勘定奉行を罷めて米穀商となった平川半治である。当時此の如く財利のために士籍を遁れようとする気風があったことは、渋江氏もまた親しくこれを験することを得た。ある人は五百に説いて、東京両国の中村楼を買わせようとした。今千両の金を投じて買って置いたなら、他日鉅万《きょまん》の富を致すことが出来ようと云ったのである。ある人は東京神田須田町の某売薬株を買わせようとした。この株は今廉価を以て贖《あがな》うことが出来て、即日から月収三百両ないし五百両の利があると云ったのである。五百のこれに耳を仮《か》さなかったことは固《もと》よりである。（中略）

成善は家禄を割いて、その五人扶持を東京に送致して貰うことを、当路の人に請うて允《ゆる》された。それから長持一棹《さお》の錦絵を書画兼骨董商近竹《きんたけ》に売った。これは浅草蔵前の兎桂《とけい》等で、二十枚百文位で買った絵であるが、当時三枚二百文ないし一枚百文で売ることが出来た。成善はこの金を得て、半《なかば》は留めて母に餽《おく》り、半はこれを旅費と学資とに充てた」。

ここまでが「その九十」の記述であり、以下は「その九十一」の記述である。

「成善は藩学の職を辞して、この年三月二十一日に、母五百と水杯を酌み交して別れ、駕籠に乗って家を出た。水杯を酌んだのは、当時の状況より推して、再会の期し難きを思ったからである。成善は十五歳、五百は五十六歳になっていた。抽斎の歿した時は、成善はまだ少年であったので、この時始て親子の別の悲しさを知って、轎中《きょうちゅう》で声を発して泣きたくなるのを、ようよう堪え忍んだそうである。

同行者は松本甲子蔵《きねぞう》であった。甲子蔵は後に忠章と改称した。父を庄兵衛と云って、素《もと》比良野貞固の父文蔵の若党であった。文蔵はその樸直《ぼくちょく》なのを愛して、津軽家に薦めて足軽にして貰った。その子甲子蔵は才学があるので、藩の公用局の史生に任用せられていたのである。

弘前から旅立つものは、石川駅まで駕籠で来て、ここで親戚故旧と酒を酌んで別れる習であった。成善を送るものは、句読を授けられた少年等の外、矢川文一郎、比良野房之助、服部善吉、菱川太郎などであった。後に服部は東京で時計職工になり、菱川は辻新次さんの家の学僕になったが、二人共に已《すで》に世を去った」。

4

「成善は四月七日に東京に着いた。行李《こうり》を御したのは本所二つ目の藩邸である。これより先成善の兄専六は、山田源吾の養子になって、東京に来て、まだ父子の対面をせぬ間に死んだ源吾の家に住んでいた。源吾は津軽承昭の本所横川に設けた邸をあずかっていて、住宅は本所割下水にあったのである。その外東京には五百の姉安が両国薬研堀《やげんぼり》に住んでいた。安の女二人のうち、敬は猿若町二丁目の芝居茶屋三河屋に、銈は蔵前須賀町の呉服屋桝屋儀平の許にいた。また専六と成善との兄優善は、程遠からぬ浦和にいた」。

以上は「その九十一」の記述である。専六、優善については後に述べる。この章の途中を略して成善がどう身を処したかを読むことにする。

「成善は英語を学ばんがために、五月十一日に本所相生町の共立学舎に通いはじめた。父抽斎は遺言して蘭語を学ばしめようとしたのに、時代の変遷は学ぶべき外国語を易《か》うるに至らしめたのである。共立学舎は尺振八《せきしんぱち》の経営する所である。振八、初の名を仁寿と云う。下総国高岡の城主井上筑後守正滝の家来鈴木伯寿の子である。天保十（一八三九）年に江戸佐久間町に生れ、安政の末年に尺氏を冒した。田辺太一に啓発せられて英学に志し、中浜万次郎、西吉十郎等を師とし、次で英米人に親炙し、文久中仏米二国に遊んだ。成善が従学した時は三十三歳になっていた」。

「その九十二」に入り、さらに成善の勉学の軌跡を辿ることにする。

「成善は四月に海保の伝経廬に入り、五月に尺《せき》の共立学舎に入ったが、六月から更に大学南校にも籍を置き、日課を分割して三校に往来し、猶放課後にはフルベックの許を訪うて教を受けた。フルベックは本和蘭人《もとおらんだじん》で亜米利加《あめりか》合衆国に民籍を有していた。日本の教育界を開拓した一人である。

学費は弘前藩から送って来る五人扶持の中三人扶持を売って弁ずることが出来た。当時の相場で一箇月金二両三分二朱と四百六十七文であった。書籍は英文のものは初より新に買うことを期していたが、漢書は弘前から抽斎の手沢本《しゅたくぼん》を送って貰うことにした。然るにこの書籍を積んだ舟が、航海中七月九日に暴風に遭って覆って、抽斎の曾て蒐集した古刊本等の大部分が海若《かいじゃく》（海の神の意）の有に帰した。

八月二十八日に弘前県の幹督が成善に命ずるに神社調掛を以てし、金三両二分二朱と二匁二分五厘の手当を給した。この命は成善が共立学舎に入ることを届けて置いたので、同時に「欠席聞届の委頼」と云ふ形式を以て学舎に伝えられた。これより先七月十四日の詔《みことのり》を以て廃藩置県の制が布かれたので、弘前県が成立していたのである」。

この年、六月七日に成善は保《たもつ》と改名した、と「その九十三」にあり、後に記すとおり、成善の兄、専六は山田源吾の養子となって、山田専六と名乗っていたが、彼も脩《おさむ》と改名した。なお、矢嶋優善もこの年優《ゆたか》と改名したことが同じ章に記されている。

さらに「その九十三」には「この年十二月三日に保と脩とが同時に斬髪《ざんぱつ》した」とある。同じ章に「この年十二月二十二日に、本所二つ目の弘前藩邸が廃せられたために、保は弟山田脩が本所割下水の家に同居した」旨を記し、抽斎歿後第十四年に当る明治五（一八七二）年、一月に保は山田脩の家から本所横網町の鈴木きよ方の二階に移った、とある。ここで、勉学の話題から離れるが、保の身の上に関する重大な変化が生じたことを『渋江抽斎』の記述から引用したい。

「これより先保は弘前にある母を呼び迎えようとして、藩の当路者に諮《はか》ること数次であった。しかし津軽承昭の知事たる間は、西館等が前説を固守して許さなかった。前年廃藩の詔が出て、承昭は東京に居ることになり、県政もまた頗る革《あらた》まったので、保はまた当路者に諮った。当路者は復五百の東京に入ることを阻止しようとはしなかった。ただ保が一諸生を以て母を養わむとするのが怪むべきだと云った。それゆえ保は矢嶋優に願書を作らせて呈した。県庁はこれを可とした」。

この章には五百の弘前における心情などが記されているが、五百については別に記すつもりなので、ここではふれない。また、次章「その九十四」の冒頭に「五百は五月二十日に東京に着いた」とあり、同行者にもふれているが、これらについてもここではふれない。ただ、当路者でない私にも、廃藩後、大削減されたとはいえ、ともかく支給されていた扶持が給されなくなったはずだから、保は彼の学資、生活費をどう工面したか、五百らの生活費等もどうなるつもりであったのか、不審を感じざるを得ない。これらは今後の記述も読んでいくより致し方ない。ただ、弘前在住中、両国の中村楼を千両で買わせようと持ちかけた者があったという記述を引用したが、五百は相当の蓄えを持っていると周囲から見られていたのかもしれない。しかし、五百に相当の蓄えがあったとは思われない。もし蓄えがあったなら、保が、後に述べるように、高等師範学校への入学を志望するはずがない。この時期に保、五百が、彼らの生活費などをどのように工面していたのかは、森鷗外が記述していない以上、読者が知るすべはない。私としては森鷗外の記述の不備を指摘することしかできないのである。

5

五百の身上はさておき、「その九十四」の末尾に「保は高等師範学校に入ることを願って置いたが、その採用試験が二十二日から始まる」とあり、「その九十五」の冒頭に次の記述がある。

「保が師範学校に入ることを願ったのは、大学の業を卒《お》うるに至るまでの資金を有せぬがためであった。師範学校はこの年始て設けられて、文部省は上等生に十円、下等生に八円を給した。保はこの給費を仰がむと欲したのである。

然るに此に一つの障礙《しょうがい》があった。それは師範学校の生徒は二十歳以上に限られているのに、保はまだ十六歳だからである。そこで、保は森枳園に相談した」。

じつに懐かしい名前に再会する感がつよいのだが、先を読まねばならない。

「枳園はこの年二月に福山を去って諸国を漫遊し、五月に東京に来て湯嶋切通しの借家に住み、同じ月の二十七日に文部省十等出仕になった。時に年六十六である。

枳園はよほど保を愛していたものと見え、東京に入った第三日に横網町の下宿を訪うて、切通しの家へ来いと云った。保が二三日往かずにいると、枳園はまた来て、なぜ来ぬかと問うた。保が尋ねて行って見ると、切通しの家は店造《みせづくり》で、店と次の間と台所とがあるのみで、枳園はその店先に机を据えて書を読んでいた。保が覚えず、「売卜者《ばいぼくしゃ》のようじゃありませんか」と云うと、枳園は面白げに笑った。それからは湯嶋と本所との間に、往来《ゆきき》が絶えなかった。枳園はしばしば保を山下の雁鍋《がんなべ》、駒形《こまがた》の川桝《かわます》などに連れて往って、酒を被《こうむ》って世を罵《ののし》った。

文部省は当時頗る多く名流を羅致《らち》していた。岡本況斎、榊原琴州、前田元温等の諸家が皆九等ないし十等出仕を拝して月に四五十円を給せられていたのである。

保が枳園を訪うて、師範生徒の年齢の事を云うと、枳園は笑って、「なに年の足りない位の事は、己がどうにか話を附けて遣る」と云った。保は枳園に託して願書を呈した。

師範学校の採用試験は八月二十二日に始まって、三十日に終った。保は合格して九月五日に入学することになった」。

ここでは保が十円を支給される上等生か、八円しか支給されない下等生か、記述がないが、これは入学試験の成績によるのではなく在学中の成績によるのかもしれない。いずれにしても、後に十円を給せられたと記されているので、上等生であったにちがいない。

この師範学校入学に先立ち、保が体験した問題があるので、これについて引用したい。これは「その九十六」の最初に語られる出来事である。

「この年は弘前から東京に出て来るものが多かった。比良野貞固もその一人で、ある日突然保が横網町の下宿に来て、「今著いた」と云った。貞固は妻照と六歳になる女柳とを連れて来て、百本杙《ぐい》の側《そば》に繋がせた舟の中に遺して置いて、独り上陸したのである。さて差当り保と同居する積りだと云った。

保は即座に承引して、「御遠慮なく奥さんやお嬢さんをお連下さい。追附《おっつけ》母も弘前から参るはずになっていますから」と云った。しかし保は窃《ひそか》に心を苦めた。なぜと云うに、保は鈴木の女主人《おんなあるじ》に月二両の下宿代を払う約束をしていながら、学資の方が足らぬ勝なので、まだ一度も払わずにいた。そこへ遽《にわか》に三人の客を迎えなくてはならなくなった。それが余の人ならば、宿料を取ることも出来よう。貞固は己《おのれ》が主人となっては、人に銭を使わせたことがないのである。保はどうしても四人前の費用を弁ぜなくてはならない。これが苦労の一つである。またこの界隈ではまだ糸鬢奴《いとびんやっこ》のお留守居を見識っている人が多い。それを横網町の下宿に舎《やど》らせるのが気の毒でならない。これが保の苦労の二つである。

保はこれを忍んで数箇月間三人を欵待《かんたい》した。そしてほとんど日々貞固を横山町の尾張屋に連れて往って馳走《ちそう》した。貞固は養子房之助の弘前から来るまで、保の下宿にいて、房之助が著いた時、一しょに本所緑町に家を借りて移った。丁度保が母親を故郷から迎える頃の事である」。

このような心遣い、律儀さには、私はただ感嘆するばかりである。

抽斎歿後第十五年は明治六（一八七三）年である。「その九十七」には、師範学校に寄宿舎が落成し、生徒は六月六日に入るようにということであった、とある。しかし保は母が病気という理由を申し立てて寄宿舎に入らなかった。事実、当時、五百は眼病に罹って苦しんでいた。ただ、そのことにもまして「保は師範学校の授くる所の学術が、自分の攻《おさ》むと欲する所のものと相反しているのを見て、窃《ひそか》に退学を企てていた」と「その九十七」は記している。

「保は英語を操《つか》い英文を読むことを志しているのに、学校の現状を見れば、所望に愜《かな》う科目は絶て無かった。また縦《たと》い未来において英文の科が設けられるにしても、共に入学した五十四人の過半は純乎たる漢学諸生だから、スペルリングや第一リイダアから始められなくてはならない。保は此等の人々と歩調を同じゅうして行くのを堪え難く思った」。

そこで、保は学校の諸規則に違反する行為を重ねて退学処分を受けようと計画し、五百の同意も取り付けた。しかし、この計画に兄矢嶋優が反対し、比良野貞固も反対した。「その主なる理由は、もし退学処分を受けて、氏名を文部省雑誌に載せられたら、拭うべからざる汚点を履歴の上に印するだろうと云うにあった」。「十月十九日に保は隠忍して師範学校の寄宿舎に入った」と「その九十七」は結ばれている。

抽斎歿後第十六年は明治七（一八七四）年である。

「渋江氏はこの年感応寺において抽斎のために法要を営んだ。五百、保、矢嶋優、陸、水木、比良野貞固、飯田良政等が来会した。

渋江氏の秩禄公債証書はこの年に交付せられたが、削減を経た禄を一石九十五銭の割を以て換算した金高は、固《もと》より言うに足らぬ小額であった」。

これは「その九十八」の記述である。

6

「抽斎歿後の第十七年は明治八（一八七五）年である。一月二十九日に保は十九歳で師範学校の業を卒《お》え、二月六日に文部省の命を受けて浜松県に赴《おもむ》くこととなり、母を奉じて東京を発した」。

そこで、「その九十九」に入る。

「保は母五百を奉じて浜松に著いて、初め暫くの程は旅店にいた。次で母子の下宿料月額六円を払って、下垂町《しもたれちょう》の郷宿《ごうやど》山田屋和三郎方にいることになった。郷宿とは藩政時代に訴訟などのために村民が城下に出た時舎《やど》る家を謂うのである。また諸国を遊歴する書画家等の滞留するものも、大抵この郷宿にいた。山田屋は大きい家で、庭に肉桂《にっけい》の大木がある。今も猶儼存《げんそん》しているそうである。

山田屋の向いに山喜《やまき》と云う居酒屋がある。保は山田屋に移った初に、山喜の店に大皿に蒲焼の盛ってあるのを見て五百に「あれを買って見ましょうか」と云った。

「贅沢をお言いでない。鰻はこの土地でも高かろう」と云って、五百は止めようとした。

「まあ聞いて見ましょう」と云って、保は出て行った。値を問えば、一銭に五串《くし》であった。当時浜松辺で暮しの立ち易かったことは、此に由って想見することが出来る」。

途中だが『渋江抽斎』が興趣に富んでいるのは、このような社会状況を教えてくれるからだといってよい。これに私見を加えることを許されるならば、当時は物資の流通網が発達していなかったために、たとえば、蒲焼のように日持ちのしない食品は、それこそ地産地消に依るより外に、売りさばくことができなかったので、このような値段で蒲焼が売られていたのであろう。そこで続きを読む。

「保は初め文部省の辞令を持って県庁に往った。浜松県の官吏は過半旧幕人で、薩長政府の文部省に対する反感があって、学務課長大江孝文の如きも、頗《すこぶ》る保を冷遇した。しかしやや久しく話しているうちに、保が津軽人だと聞いて、少しく面《おもて》を和《やわら》げた。大江の母は津軽家の用人栂野求馬《とがのもとめ》の妹であった。後大江は県令林厚徳に稟《もう》して、師範学校を設けることにして、保を教頭に任用した。学校の落成したのは六月である。

数月の後、保は高町の坂下、紺屋町西端の雑貨商江州屋《ごうしゅうや》速見平吉の離座敷を借りて遷った。この江州屋も今猶存しているそうである」。

「抽斎歿後の第十八年は明治九（一八七六）年である。十月十日に浜松師範学校が静岡師範学校浜松支部と改称せられた。これより先六月二十一日に浜松県を廃して静岡県に併せられたのである。しかし保の職は故《もと》の如くであった。

この年四月に保は五百の還暦の賀筵《がえん》を催して県令以下の祝を受けた」。

ついでだが、この章に「比良野貞固もまたこの年本所緑町の家で歿した。文化九（一八一二）年生であるから、六十五歳を以て終ったのである」とある。

ここで、私の疑問を記すこととすれば、森鷗外は保が高等師範学校を受験しようと企てたと言いながら、その後の記述では一貫して師範学校と称している。その当時の学制が整備されていなかったので混乱があり得るが、私が承知している昭和初期の学制では、小学校教員養成の師範学校と中学校（女学校を含む）の教員養成のための高等師範学校があった。私の疑問は、保が卒業したのは高等師範学校であり、だからこそ、浜松師範学校でいきなり教頭に任用されたのではないか、ということであり、森鷗外の記述はこの点が明確にされていないように思われる。

「抽斎歿後の第十九年は明治十（一八七七）年である。保は浜松表早馬町四十番地に一戸を構え、後また幾《いくばく》ならずして元城内五十七番地に移った。（中略）

この年七月四日に保の奉職している静岡師範学校浜松支部は変則中学校と改称せられ

た」。

「その百」に入る。

「抽斎歿後の第二十年は明治十一（一八七八）年である。一月二十五日津軽承昭《つぐてる》は藩士の伝記を編輯《へんしゅう》せしめむがために、下沢保躬《しもさわやすみ》をして渋江氏に就いて抽斎の行状を徴《め》さしめた。保は直ちに録呈した。所謂《いわゆる》伝記は今存ずる所の津軽旧記伝類ではあるまいか。わたくしは未だその書を見ざるが故に、抽斎の行状が采択《さいたく》せられしや否やを審《つまびらか》にしない」。

森鷗外は筆を控えているけれども、旧藩主の思い付きに終わって公刊に至らなかったのではないか。

「保の奉職している浜松変則中学校はこの年二月二十三日に中学校と改称せられた」。

「抽斎歿後の第二十一年は明治十二（一八七九）年である。十月十五日保は学問修行のため職を辞し、十八日に聴許《ていきょ》せられた。これは慶応義塾に入って英語を学ばむがためである。これより先保は深く英語を窮めむと欲して、未だその志を遂げずにいた。師範学校に入ったのも、その業を卒えて教員となったのも、皆学資給せざるがために、已《や》むことを得ずして為したのである。既にして保は慶応義塾の学風を仄聞《そくぶん》し、頗る福沢諭吉に傾倒した。明治九（一八七六）年に国学者阿波の人某が、福沢の著す所の学問のすすめを駁《ばく》して、書中の「日本は蕞爾《さいじ》たる小国である」の句を以て祖国を辱《はずかし》むるものとなすを見るに及んで、福沢に代って一文を草し、民間雑誌に投じた。民間雑誌は福沢の経営する所の日刊新聞で、今の時事新報の前身である。福沢は保の文を採録し、手書して保に謝した。保は此より福沢に識られて、これに適従せんと欲する念がいよいよ切になったのである。

保は職を辞する前に、山田脩をして居宅を索《もと》めしめた。脩は九月二十八日に先ず浜松を発して東京に至り、芝区松本町十二番地の家を借りて、母と弟とを迎えた。

五百、保の母子は十月三十一日に浜松を発し、十一月二日に松本町の家に著いた。この時保と脩とは再び東京に在って母の膝下《しっか》に侍することを得たが、独り矢嶋優のみは母の到著するを待つことが出来ずに北海道へ旅立った。十月八日に開拓使御用掛を拝命して、札幌に在勤することとなったからである」。

山田脩はかつての山田専六である。矢嶋優はかつての優善であるが、開拓使御用係になっていた。

保と五百が浜松から東京に帰るさいには二人の同行者があった。二人は、保と同じく、慶応義塾に入ろうとしていた青年であり、彼らの身上について森鷗外は記述しているが、省略する。なお、東海道線が開通したのは明治二十二（一八八九）年だから、この当時は鉄道はまだ新橋・横浜間しか敷設、開通していなかった。この時代にどうして浜松を出て僅か二日で東京に着くことができたのか、私は疑問を感じる。「その百一」の冒頭には「保は東京に着いた翌日、十一月四日に慶応義塾に往って、本科第三等に編入せられた」とあることからみれば、東京に着いたのは十一月二日でなく、三日であったのかもしれないが、浜松から三日間で東京に着くことができるとすればよほどの健脚であろう。私はこの記述は、渋江保の記憶違いか、森鷗外の聞き違いかによる誤りであると考える。この誤りは些細であるが、『渋江抽斎』には同種の誤りが他にも多く存在するように思われ、森鷗外の叙述をすべて真実と信じるべきではないと考える。いうまでもなく、大筋における間違いではなく、瑣末についての間違いだが、森鷗外、あるいは校閲者、出版社が当然気づくべき誤りの多いことに私は憤懣を感じる。

7

「その百一」に入る。この章は「保は東京に着いた翌日、十一月四日に慶応義塾に往って、本科第三等に編入せられた」と始まることは前述のとおりであり、その後に次の記述がある。

「保は慶応義塾の生徒となってから三日目に、万来舎において福沢諭吉を見た。万来舎は義塾に附属したクラブ様のもので、福沢は午後に来て文明論を講じていた。保が名を告げた時、福沢は昔年の事を語り出でてこれを善遇した。

当時慶応義塾は年を三期に分ち、一月から四月までを第一期と云い、五月から七月までを第二期と云い、九月から十二月までを第三期と云った。保がこの年第三期に編入せられた第三等は猶第三級と云わむがごとくである。月の末には小試験が、期の終にはまた大試験があった」。

「抽斎歿後の第二十二年は明治十三（一八八〇）年である。保は四月に第二等に進み、七月に破格を以て第一等に進み、遂に十二月に全科の業を終えた」。

同期に犬養毅などがいたこと、万来舎で名士の講演を聞いたことなどを記し、それらの名前を挙げているが、略す。また、浜松から藤村義苗《よしたね》という青年が出てきて渋江氏に「寓した」と記しているが、紹介の必要を認めない。

「松本町の家には五百、保、水木の三人がいて、諸生には山田要蔵とこの藤村とが置いてあったのである」とあり、翌年に進む。

「抽斎歿後の第二十三年は明治十四（一八八一）年である。当時慶応義塾の卒業生は世人の争って聘《へい》せむと欲する所で、その世話をする人は主《おも》に小幡《おばた》篤次郎であった。保は猶進んで英語を窮めたい志を有していたが、浜松にあった日に衣食を節して貯えた金がまた罄《つ》きたので、遂に給を俸銭に仰がざることを得なくなった。

この年もまた卒業生の決口《はけくち》は頗る多かった。保の如きも第一に三重日報の主筆に擬せられて、これを辞した。これは藤田茂吉に三重県庁が金を出していることを聞いたからである。第二に広嶋某新聞の主筆は、保が初めその任に当ろうとしていたが、次で出来た学校の地位に心を傾けたために、半途にして交渉を絶った。

学校の地位と云うのは、愛知中学校長である。招聘の事は阿部泰蔵と会談して定まり、保は八月三日に母と水木とを伴って東京を発した。諸生山田要蔵はこの時慶応義塾に寄宿した」。

ここで「その百二」に入る。話題は前章に続いている。

「保は三河国宝飯郡国府町《こふまち》に著いて、長泉寺の隠居所を借りて住んだ。そして九月三十日に愛知県中学校長に任ずと云う辞令を受けた。

保が学校に往って見ると、二つの急を要する問題が前に横わっていた。教則を作ることと罰則を作ることとである。教則は案を具して文部省に呈し、その認可を受けなくてはならない。罰則は学校長が自ら作り自ら施すことを得るのである。教則の案は直ちに作って呈し、罰則は不文律となして、生徒に自力の徳教を誨《おし》えた。教則は文部省が輒《たやす》く認可せぬので、往復数十回を累《かさ》ね、とうとう保の在職中には制定せられずにしまった。罰則は果して必要で無かった。一人の詿違《かいい》（違反の意）者をも出《いだ》さなかったからである」。

私は「三河国」は静岡県に属することになったと理解していたので、愛知県中学校が三河国国府町に所在することが不審であったが、国府町は現在、豊川市に属するようだから、三河国の一部は愛知県に編入されたのであろう。ただ、愛知県中学校が何故名古屋に設立されず、このような辺鄙の地に設立されたか、不可解に感じている。また、この中学校が国立であるか、県立であるかも不明である。文部省と折衝したということから見れば、国立のようにみえるが、国立の中学校が存在したとは聞いたことがない。「その百四」には保は「愛知県庁に辞表を呈し」た、とあることからみれば愛知県立中学校だったようである。そうであれば、「往復数十回」文部省と折衝したかのように書かれているのが不審である。ひとつはその回数である。口頭による折衝とすれば、東海道線が敷設、開業していなかった当時の交通事情を考えれば、数回の誤りではないか、と思われる。郵便による折衝であれば、はるかに容易であったと思われるが、保が愛知県中学校に在職したのは二年にも足りないことは後に見るとおりであるから、「往復数十回」は誇張としか思われない。また、県立の中学校とすれば、折衝の相手は愛知県庁であったはずである。そうじてこの記載は正確ではないのではないか、という疑いがつよい。

「長泉寺の隠居所は次第に賑《にぎわ》しくなった。初め保は母と水木との二人の家族があったのみで、寂しい家庭をなしていたが、寄寓を請う諸生を、一人容れ、二人容れて、幾《いくばく》もあらぬに六人の多きに達した。（中略）

当時保は一人の友を得た。武田氏名は準平で、保が国府《こふ》の学校に聘《へい》せられた時、中に立って斡旋した阿部泰蔵の兄である。準平は国府に住んで医を業としていたが、医業を以て著《あらわ》れずに、却《かえ》って政客を以て聞えていた。

準平はこれより先愛知県会の議長となったことがある。某年に県会が畢《おわ》って、県吏と議員とが懇親の宴を開いた。準平は平素県令国貞廉平の施設（施政の誤植ではないか）に慊《あきたら》なかったが、宴闌《たけなわ》なる時、国貞の前に進んで杯を献じ、さて「お殺《さかな》は」と呼びつつ、国貞に背いて立ち、衣を搴《かか》げて尻を露《あらわ》したそうである。

保は国府に来てから、この準平と相識になった。既にして準平が兄弟になろうと勧めた。

保は謙《へりくだ》って父子になる方が適当であろうと云った。遂に父子と称して杯を交した。準平は四十四歳、保は二十五歳の時である」。

この時東京には改進党、自由党、帝政党などの政党の争いがあり、準平と保とは国府にあって、進取社と称する小政社を結成し、保が社長、準平が副社長になった、という。

ここで「その百三」と始まり、「その百三」に続き、この章は、「抽斎歿後の第二十四年は明治十五（一八八二）年である」と始まり、武田準平が刺客に殺されたこと、保が「馳せて武田の家に往った」ところ、警察署長から「武田さんは進取社の事のために殺されなすったかと思われます」と聞く。保はこれを信じなかったが、暫く巡査の護衛を受けていた。

保は京浜毎日新聞の「寄書家」になった。これは寄稿家になったということであろうか。「毎日は嶋田三郎さんが主筆で、東京日々新聞の福地桜痴と論争していたので、保は嶋田を助けて戦った。主なる論題は王権論、普通選挙論等であった」。保はベンサムの憲法論に就いて、普通選挙を可とした。「論戦の後、保は嶋田三郎、沼間守一、肥塚竜等に識られた。後に京浜毎日社員になったのは、この縁故があったからである」。

これまでの保の半生を見ると、父抽斎が、本来の経学、医学の外、観劇、古書籍の蒐集、長唄、小説も書くなど、かなり多趣味であったのに比べ、勉学に熱心で、およそ趣味がないようにみえたが、ここまで読むと、保は、抽斎が持った趣味は持つことなく、抽斎が関心をほとんど持たなかった政治に強烈な関心を持っていたようである。

それはともかくとして、「保は十二月九日学校の休暇を以て東京に入った。実は国府を去らむとする意があったのである」とあって、「その百四」に入る。

8

「抽斎歿後の第二十五年は明治十六（一八八三）年である」と「その百四」は始まる。

「保は前年の暮に東京に入って、仮に芝田町一丁目十二番地に住んだ。そして一面愛知県庁に辞表を呈し、一面府下に職業を求めた。保は先ず職業を得て、次で免罷《めんひ》の報に接した。一月十一日には攻玉舎の教師となり、二十五日には慶応義塾の教師となって、午前に慶応義塾に往き、午後に攻玉舎に往くことにした」とある。

その後、森鷗外は攻玉舎、慶応義塾の人々を紹介しているが、保が何を教えたのかが肝要だと思われるのに、森鷗外はこれについては一言もふれていない。そして、「保は芝烏《からす》森町《もりちょう》一番地に家を借りて、四月五日に国府から還った母と水木とを迎えた」と書いている。

　これに続く、ふかい感銘を受ける記述は保に関するけれども、むしろ五百について記す時に加えたい逸話でもある。しかし、二人の関係を語るのに不可欠なので、ここで、いささか長くなるが、引用する。

「八月中の事であった。保は家を避けて京浜毎日新聞に寄する文を草せむがために、一週日程の間柳嶋の帆足《ほあし》健三というものの家に起臥していた。烏森町の家には水木を遺して母に侍せしめ、かつ優、脩、勝久の三人をして交《かわ》るがわるその安否を問わしめた。然るにある夜水木が帆足の家に来て、母が病気と見えて何も食わなくなったと告げた。

　保が家に帰って見ると、五百は床を敷かせて寝ていた。「只今帰りました」と、保は言った。

「お帰かえ」と云って、五百は微笑した。

「おっ母様、あなたは何も上らないそうですね。わたくしは暑くてたまりませんから、氷を食べます。」

「そんならついでにわたしのも取っておくれ。」五百は氷を食べた。

　翌朝保が「わたくしは今朝は生卵にします」と云った。

「そうかい。そんならわたしも食べて見よう。」五百は生卵を食べた。午になって保は云った。「きょうは久し振で、洗いに水貝を取って、少し酒を飲んで、それから飯にします。」

「そんならわたしも少し飲もう。」五百は洗いで酒を飲んだ。その時はもう平日の如く起きて坐っていた。

晩になって保は云った。「どうも夕方になってこんなに風がちっとも無くては凌《しの》ぎ切れません。これから汐湯《しおゆ》に這入って、湖月に寄って涼んで来ます。」

「そんならわたしも往くよ。」五百は遂に汐湯に入って、湖月で飲食《のみくい》した。

五百は保が久しく帰らぬがために物を食わなくなったのである。五百は女子中では棠を愛し、男子中では保を愛した。曩《さき》に弘前に留守をしていて、保を東京に遣ったのは、意を決した上の事である。それゆえ能く年余の久しきに堪えた。これに反して帰るべくして帰らざる保を日毎に待つことは、五百の難んずる所であった。この時五百は六十八歳、保は二十七歳であった」。

棠とその死については「その六十九」に優善が矢嶋氏の末期養子になった年、「五百は二月四日に七歳の棠《とう》を失い、十五日に三歳の癸巳《きし》を失っていた。（中略）棠は美しい子で、抽斎の女の中では純《いと》と棠との容姿が最も人に褒められていた。五百の兄栄次郎は棠の踊を看る度に、「食い附きたいような子だ」と云った」とあり、「その七十」には「女棠が死んでから半年の間、五百は少しく精神の均衡を失して、夕暮になると、窓を開けて庭の闇を凝視していることがしばしば有った。これは何故ともなしに、闇の裏《うち》に棠の姿が見えはせぬかと待たれたのだそうである」とあることはすでに記したとおりである。

保の留守に五百が食事をとれなくなった事実、棠の死後、五百が闇を凝視していた事実は、いずれも『渋江抽斎』の中でも、しみじみと母性愛が読者の心に迫る感動的な出来事である。

だが、相当数の子を産んだ母が子供たちの中、特定の一人の女子、特定の一人の男子だけを偏愛することは愛される子にも、愛されない子にも、望ましいことではないことは賢い五百が知らなかったはずはない。しかし、愛情は理性の判断よりもつよい。それが人情というものだということを、五百の棠に対する、また、保に対する愛情から私たちは学ぶことができるように思われる。

「抽斎歿後の第二十六年は明治十七（一八八四）年である。二月十四日に五百が烏森の家に歿した。年六十九であった」。

五百の弘前以後については別にまとめて書くので、ここではこの事実の記述だけにとどめる。

「保はこの年六月に京浜毎日新聞の編輯員になった。これまではその社とただ寄稿者としての連繫《れんけい》のみを有していたのであった」。社長は沼間守一、その他編輯員、社友の名が列挙されているが略する。森鷗外は何も記していないが、この時、保は攻玉舎、慶応義塾で教鞭を執ることを辞めたにちがいない。後に見るように、編輯員は片手間でできる仕事ではないからである。

「抽斎歿後の第二十七年は明治十八（一八八五）年である。保は新聞社の種々の用務を弁ずるために、しばしば旅行した。十月十日に旅から帰って見ると、森枳園の五日に寄せた書が机上にあった」。枳園は京浜毎日新聞の演劇欄を担当することを希望していた。森枳園の維新後については別に記すつもりなので、ここではこれ以上、記さない。

「抽斎歿後の第二十八年は明治十九（一八八六）年である」。「その百九」はこう始まり、「保は静岡安西一丁目南裏町十五番地に移り住んだ。私立静岡英学校の教頭になったからである」と続く。こうしてほとんど一年ごとに職業を変えている事実からみて、私は渋江保という人はかなり移り気な方のように感じている。英語を窮《きわ》めるということが彼の宿望であったはずだが、このような野心は忘れ去られて、目前に提供された魅力がありそうにみえる職業を次々に追っていったかのようにしか見えない。

「その百九」は次のように続いている。

「校主は藤波甚助《ふじなみじんすけ》と云う人で、雇外国人にはカッシデエ夫妻、カッキング夫人等がいた。当時の生徒で、今名を知られているものは山路《やまじ》愛山さんである。通称は弥吉、浅草堀田原、後には鳥越に住んだ幕府の天文方山路氏の裔《えい》で、元治元(一八六四)年に生れた。この年二十三歳であった。

十月十五日に保は旧幕臣静岡県士族佐野常三郎の女松を娶った。戸籍名は一《いち》である。保は三十歳、松は明治二(一八六九)年正月十六日生であるから十八歳であった」。

「抽斎歿後の第二十九年は明治二十(一八八七)年である。保は一月二十七日に静岡で発行している東海暁鐘《ぎょうしょう》新報の主筆になった。英学校の職は故《もと》の如くである。暁鐘新報は自由党の機関で、前嶋豊太郎と云う人を社主としていた。(中略)次で保は七月一日に静岡高等英華学校に聘《へい》せられ、九月十五日にまた静岡文武館の嘱託《ぞくたく》を受けて、英語を生徒に授けた」。静岡高等英華学校に聘せられた後も静岡英学校を辞職しなかったようである。これは「その百十」に博文館の仕事のために上京したさいに英学校も辞職したとあるからである。

「抽斎歿後の第三十年は明治二十一（一八八八）年である。一月に東海暁鐘新報は改題して東海の二字を除いた。同じ月に中江兆民が静岡を過ぎて保を訪うた。兆民は前年の暮に保安条例に依って東京を逐われ、大阪東雲《しののめ》新聞社の聘に応じて西下する途次、静岡には来たのである。六月三十日に保の長男三吉が生れた。八月十日に私立渋江塾《しぶえじゅく》を鷹匠町二丁目に設くることを認可せられた。

脩は七月に東京から保の家に来て、静岡警察署内巡査講習所の英語教師を嘱託せられ、次で保と共に渋江塾を創設した。これより先脩は渋江氏に復籍していた」。

かつての専六が山田脩となり、渋江脩となるまでの半生については別に記す。

この年九月十五日に保は匿名の手紙を受け取った。日を期して決闘を求めるという趣旨の手紙であり、保はその心構えをし、助力を申し出た人もあったが、実際は何事も起こらなかった。森鷗外は助力を申し出た人物についても詳しく記しているが、略す。

「その百十」に入り、「抽斎歿後の第三十一年は明治二十二（一八八九）年である。一月八日に保は東京博文館の求に応じて履歴書、写真等に文稿を寄示《きし》した。これが保のこの書肆《しょし》のために書を著すに至った端緒である。交渉は漸く歩を進めて、保は次第に暁鐘新報社に遠《とおざ》かり、博文館に近《ちかづ》いた。そして十二月二十七日に新報社に告ぐるに、年末を待って主筆を辞することを以てした。然るに新報社は保に退社後猶社説を草せむことを請うた」。

「抽斎歿後の第三十二年は明治二十三(一八九〇)年である。保は三月三日に静岡から入京して、麹町有楽町二丁目二番地竹《たけ》の舎《や》に寄寓した。静岡を去るに臨んで、渋江塾を閉じ、英学校、英華学校、文武館三校の教職を辞した。ただ暁鐘新報の社説は東京において草することを約した。入京後三月二十六日から博文館のためにする著作飜訳の稿を起した。七月十八日に保は神田仲猿楽町五番地豊田春賀の許に転寓した。

保の家には長女福が一月三十日に生れ、二月十七日に夭《よう》した。また七月十一日に長男三吉が三歳にして歿した」。

この後、暫く、保の家族、住居などの変化が記述されているが、転記する要を認めない。「その百十二」に森鷗外は保の半生を総括しているので、この記述を読むこととする。

「保さんは抽斎の第七子で、継嗣となったものである。経を漁村、竹逕の海保氏父子、嶋田篁村、兼松石居、根本羽嶽に、漢医方を多紀雲従に受け、師範学校において、教育者として養成せられ、共立学舎、慶応義塾において英語を研究し、浜松、静岡にあっては、あるいは校長となり、あるいは教頭となり、旁《かたわら》新聞記者として、政治を論じた。しかし最も大いに精力を費したものは、書肆《しょし》博文館のためにする著作飜訳で、その刊行する所の書が、通計約百五十部の多きに至っている。その書は随時世人を啓発した功はあるにしても、概《おおむね》皆時尚を追う書估《しょこ》の誅求《ちゅうきゅう》に応じて筆を走らせたものである。保さんの精力は徒費せられたと謂わざることを得ない。そして保さんは自らこれを知っている。畢竟《ひっきょう》文士と書估との関係はミュチュアリスム（共棲の意）であるべきのに、実はパラジチスム（寄生の意）になっている。保さんは生物学上の亭主役をしたのである。

保さんの作らむと欲する書は、今猶計画として保さんの意中にある。曰《いわ》く日本私刑史、曰く支那刑法史、曰く経子一家言、曰く周易一家言、曰く読書五十年、この五部の書が即ち是れである。就中《なかんずく》読書五十年の如きは、啻《ただ》に計画として存在するのみでは無い、その藁本《こうほん》が既に堆《たい》を成している。これは一種のビブリオグラフィイで、保さんの博渉の一面を窺うに足るものである。著作の志す所は厳君の経籍訪古志を廓大して、古《いにしえ》より今に及ぼし、東より西に及ぼすにあると謂っても、あるいは不可なることが無かろう。保さんは果して能くその志を成すであろうか。世間は果して能く保さんをしてその志を成さしむるであろうか」。

森鷗外の総括はかなりに厳しい。実際、保が刑事法学、その歴史などを系統的に研究したことはないはずである。

読書五十年の如きも、つまりはアマチュアの読書遍歴の回想を出ないのではないか。ただ、維新以後の苦境の中で勉学に励み、それなりの成果をあげたことは事実であり、森鷗外の批判は妥当と考えるが、明治という時代に翻弄された面もあるのではないか。そう考えると、渋江保の生涯は私たちの胸を打つものがあるといえるのではないか。

さらに言えば、抽斎は本来の職務としての医学、儒学を別として、観劇、武鑑などまでを含む古書籍の蒐集、歌舞伎、長唄など音曲といったものに広く関心を持った多趣味の知識人であったが、保はこのような多趣味でないことはもちろん、趣味らしい趣味を持たなかったようである。そういう意味で父親に比し人間性が貧しかったように見える。

9

渋江成善、後に保と改名した、抽斎の継嗣に次いで、その兄、専六が弘前以降どのような生涯を辿ったか。これから専六について記すこととする。

弘前に赴いた渋江一家は、戸主成善十二歳、母五百五十三歳、陸二十二歳、水木十六歳、専六十五歳、矢嶋優善三十四歳の六人であった。専六は成善よりも三歳年長である。

専六は小野元秀という医師を師とすることができた。

「元秀は忠誠にして廉潔であった。近習医に任ぜられてからは、詰所に出入するに、朝《あした》には人に先んじて往き、夕《ゆうべ》には人に後れて反った。そして公退後には士庶の病人に接して、絶て倦《う》む色が無かった。

（中略）五百が専六をして元秀に従学せしめたのは、実にその人を獲たものと謂うべきである。（中略）

専六は元秀の如き良師を得たが、憾《うら》むらくは心、医となることを欲せなかった。弘前の人は毎《つね》に、円頂（坊主頭の意）の専六が筒袖《つつそで》の衣を著、短袴《たんこ》を穿き、赤毛布を纏《まと》って銃を負い、山野を跋渉《ばっしょう》するのを見た。これは当時の兵士の服装である。

専六は兵士の間に交を求めた。兵士等は呼ぶに医者銃隊の名を以てして、頗るこれを愛好した」。

以上は「その八十四」の中の記述である。専六に関して記述がふたたび掲載されるのは「その八十九」である。

「専六は兵士との交が漸く深くなって、この年五月にはとうとう「於軍務局楽手稽古被仰付」と云う沙汰書を受けた。さて楽手の修行をしているうちに、十二月二十九日に山田源吾の養子になった。源吾は天保中津軽信順が未だ致仕せざる時、側用人を勤めていたが、旨に忤《さか》って永の暇になった。しかし他家に仕えようと云う念もなく、商估《しょうこ》の業《わざ》をも好まぬので、家の菩提所なる本所中《なか》の郷《ごう》の普賢寺の一房に僦居《しゅうきょ》（借家住まいの意）し、日ごとに街に出でて謡《うたい》を歌って銭を乞うた。

この純然たる浪人生活が三十年ばかり続いたのに、源吾は刀剣、紋附の衣類、上下《かみしも》（裃のこと）等を葛籠《つづら》一つに収めて持っていた。

承昭はこの年源吾を召し還して、二十俵を給し、目見以下の士に列せしめ、本所横川邸の番人を命じた。然るに源吾は年老い身病んで久しく職に居り難いのを慮《おもんぱか》って、養子を求めた。

この時源吾の親戚に戸沢維清《いせい》と云うものがあって、専六をその養子に世話をした。戸沢は五百に説くに、山田の家世の本《もと》卑くなかったのと、東京勤の身を立つるに便なるを以てし、またこう云った。「それに専六さんが東京にいると、後に弟御さんが上京することになっても御都合が宜しいでしょう」と云った。成善は等を降され禄を減ぜられた後、東京に往って恥を雪《すす》ごうと思っていたからである。（中略）

戸沢の勧誘には、この年弘前に著した比良野貞固も同意したので、五百は遂にこれに従って、専六が山田氏に養わるることを諾した。その事の決したのが十二月二十九日で、専六が船の青森を発したのが翌三十日である。この年専六は十七歳になっていた。然るに東京にある養父源吾は、専六が尚舟中にある間に病歿した」。

この経緯を読み、私は先ず山田源吾に関心をもった。ここには「源吾は天保中津軽信順が未だ致仕せざる時、側用人を勤めていたが、旨に忤って永の暇になった」とある。すでに読んできたところによれば、天保九（一八三八）年五月の津軽家に代替があった。藩主信順は四十歳で致仕し、順承が封を襲いだのだが、その理由は信順は頗る華美を好み、ややもすれば夜宴を催したりして財政の窮迫を馴致したためとあったことは「その二十八」に記されている。この時側用人であった山田源吾は諫言したのではないか。これが「旨に忤った」と記されているのではないか。専六が源吾の養子になったのは明治三（一八七〇）年であるから、まさに源吾は三十余年、浪人生活を続けたのである。山田源吾はまさに忠義、廉潔の士であり、復職するにしても重臣として遇されるのが相当であり、別邸の番人などに採用すべき人物ではなかったのではないか。専六はこのような人物の養子になったことを誇ってもよいはずである。

専六に関連して、私が不審に感じるのは、専六も成善も五百を同じく母として生れ、専六が三歳年長の兄でありながら、成善が戸主として遇せられていたことである。専六は成善と違い、学問が好きでなかったらしいが、弘前に渋江一家が移ったさい、まだ十二歳の成善が戸主となっていることはすでに記したとおりである。このように幼少のころから成善（後の保）が抽斎歿後の渋江家の戸主とされたのはどんな理由があったのであろうか。専六がこのことに不満をもった気配は『渋江抽斎』からは窺えないが、私にはこの兄弟間の処遇の違いとこの違いにもかかわらずこの兄弟間が不和であった様子も認められないのが不可解である。

次いで私が感慨を覚えることは、養子縁組である。専六は養父の存命中にまったく会うこともなく養子になったのであり、たぶん手紙により山田源吾も承知し納得していたのであろうが、養子縁組はもっぱら源吾の親戚の世話と斡旋によるものであった。この養子縁組はただ「山田」という「家」を存続させるためであった。そういえば、優善は矢嶋家の末期養子になったが、末期養子とは臨終にさいし願い出て許された養子縁組による養子である。臨終の床にある「養父」の意識がないような状態で「家」を嗣ぐために迎えられたのが末期養子である。私は末期養子は実際は「養父」が急逝した後に親戚が相談して養子を決め、末期養子として願い出て許可を得るのが通常であったのではないかと想像している。それほどに「家」を守り嗣ぐことはわが国の家族制度の下では重要なことであった。現代では「家」を重んじるという心情も制度も滅び去ったように見える。「家」を存続させていくのが家族である。私が育ったころ、わが家は祖父母、父母、それに私たち兄弟と妹という三世代で構成されていた。祖父母は隠居であり、父が家長であり戸主であったが、世帯を切り回していたのは母であった。兄が小児科医を開業したさい、父母は隠居した。その当時祖父は他界していた。兄がわが家を嗣いだわけである。このようなかたちで家族が「家」を維持してきたのだと思われる。しかし、現代では家族は夫婦単位で構成され、子は成長すれば親の許を離れて独立して新しい家庭を営むのが普通である。かつては戸籍簿には戸主が記載され、戸主がその「家」の主催者であったが、現在では戸籍簿には筆頭者の記載はあっても、筆頭者はたんに戸籍簿の記載順序の筆頭であるという以上の意味はない。いわば家族制度が崩壊し、「家」という観念も消滅したように思われる。専六の養子縁組から私はこのようなことを思い、時代の変化を感じるのである。

さて、「その九十三」にその後の専六について語られているが、以下のとおりである。

「山田源吾の養子になった専六は、まだ面会もせぬ養父を喪って、その遺跡を守っていたが、五月一日に至って藩知事津軽承昭の命を拝した。「親源吾給禄二十俵無相違被遣《さうゐなくつかはさる》」と云うのである。さて源吾は謁見を許されぬ職を以て終ったが、六月二十日に専六は承昭に謁することを得た。これは成善が内意を承けて願書を呈したためである」。

山田源吾の忠義、廉潔を思えば、その養子専六に二十俵を給するのは当然すぎるほど当然であり、山田の行跡を考えればむしろ少なすぎるように思われる。このような恣意的な決定は津軽承昭が事情を充分に理解しないままに行ったのではないか。

また、専六はどこで津軽承昭に閲したのであろうか。承昭は弘前にいたはずだから、専六は謁見のためにわざわざ弘前まで出向いたのであろうか。私は若干の疑問を感じている。

「その九十三」の続きを読む。

「専六は成善に紹介せられて、先ず海保の伝経廬に入り、次で八月九日に共立学舎に入り、十二月三日に梅浦精一に従学した」。

梅浦精一はちくま文庫版の注によれば、実業家で、石川島造船所等多くの企業の社長、役員を務めた人物だそうである。

この年、明治四（一八七一）年六月、成善が保と改名したことは既に記した。森鷗外は「やや後の事であったらしい」と書いているが、この年、専六は「脩」と改名した。森鷗外は「この年十二月三日に保と脩とが同時に斬髪した」と書き、これは「風俗の大変遷である。然るに後の史家はその年月を知るに苦むかも知れない。わたくしの如きは自己の髪を斬った年を記していない。保さんの日記の一条を此に採録する所以である」と付記している。

『渋江抽斎』には山田脩の行状に関する記述が乏しい。脩の姉、陸については後に記すけれども、脩と関連する記述として、明治六（一八七三）年、陸は本所亀沢町に看板を懸けて杵屋勝久として長唄の師匠となった旨の記述があり、脩はそれまで母五百、保と共に住んでいた本所相生町の家から、保の浜松赴任のため、「亀沢町の陸の許に移った」とある。

次いで明治十一（一八七八）年に山田脩について次の記述がある。

「山田脩はこの年九月二日に、母五百に招致せられて浜松に来た。これより先五百は脩の喘息を気遣っていたが、脩が矢嶋優と共に魁《さきがけ》新聞の記者となるに及んで、その保に寄する書に卯飲《ぼういん》（朝酒の意、卯の刻は午前六時から前後二時間をいう）の語あるを見て、大いにその健康を害せんを惧れ、急に命じて浜松に来らしめた。しかし五百は独り脩の身体のためにのみ憂えたのでは無い。その新聞記者の悪徳に化せられむことをも慮《おもんぱか》ったのである」。

明治十二（一八七九）年、「保は職を辞する前に、山田脩をして居宅を索《もと》めしめた。脩は九月二十八日に先ず浜松を発して東京に至り、芝区松本町十二番地の家を借りて、母と弟とを迎えた。（中略）この時保と脩とは再び東京に在って母の膝下《しっか》に侍することを得た」。保、五百が浜松を引き上げた頃、脩は浜松にいたようである。魁新聞の記者の仕事はどうしていたか、いかなる記述もない。浜松で五百に説得されて魁新聞社に辞表を送ってそのまま浜松にとどまっていたのではないか。

明治十三（一八八〇）年、「その百一」に「山田脩はこの年電信学校に入って、松本町の家から通った」とある。

その後「その百三」の末尾に「山田脩はこの年一月工部技手に任ぜられ、日本橋電信局、東京府庁電信局等に勤務した」とあり、「その百八」に、明治十七（一八八四）年、「脩はこの年十二月に工部技手を罷めた」とある。しかし、脩が工部技手を罷めた後、どうしたか、いかなる記述もない。

脩が再び現れるのは「その百九」である。明治二十一（一八八八）年、「脩は七月に東京から保の家に来て、静岡警察署内巡査講習所の英語教師を嘱託せられ、次で保と共に渋江塾を創設した。これより先脩は渋江氏に復籍していた」という。どこで脩が英語を習得したか、どこにも記述はないし、何故渋江氏に復籍したかについての説明もない。森鷗外は脩については筆を惜しみ、私たちに多くの疑問を残したままにしている。年長でありながら、渋江氏の継嗣を保にされたことといい、脩には不遇と見られることが多いのだが、保とは極めて兄弟仲が良かったようであり、どうして仲良くつきあっていられたのか、これまたかなりに不可解である。脩はよほどこだわらぬ穏かな性格であったのかもしれない。また、『渋江抽斎』の執筆にさいし森鷗外の情報源は主として渋江保であり、脩は死歿していて、その子に終吉という方がおいでになることは知っていても、終吉さんが父脩の履歴に詳しくなかったのかもしれない。いずれにせよ、脩の経歴は断片的にしか記されていない。

「その百十」には「抽斎歿後の第三十一年は明治二十二（一八八九）年である」とあり、「脩の嫡男終吉がこの年十二月一日に鷹匠町二丁目の渋江塾に生れた。即ち今の図案家の渋江終吉さんである」とある。保が渋江塾を閉じ、英学校、英華学校、文武館三校の教職を辞して上京したのが、翌年三月三日であるから、その約四か月前になる。

保が上京した明治二十三（一八九〇）年、「脩はこの年五月二十九日に単身入京して、六月に飯田町補習学会及神田猿楽町有終学校の英語教師となった。妻子は七月に至って入京した。十二月に脩は鉄道庁第二部傭員となって、遠江国磐田郡袋井駅に勤務することとなり、また家を挙げて京を去った」。

さらに翌年、抽斎歿後第三十三年になる明治二十四（一八九一）年、「脩は駿河国駿東郡佐野駅の駅長助役に転じた」とある。実に目まぐるしい転身の連続である。しかし、このような遍歴は脩が誰の援助も受けることなく、自力で切り開いたものと思われる。

「その百十」には、明治二十五（一八九二）年、「脩は七月に鉄道庁に解傭《かいよう》を請うて入京し、芝愛宕下町《あたごしたちょう》に住んで、京橋西紺屋町秀英舎の漢字校正係になった」とある。脩は儒学を好んで学習したようには見えないが、やはり門前の小僧で漢字には造詣が深かったのであろう。それにしても、脩の転職のさいには、いつもそれまでとはまるで異なる分野の仕事に就くことに驚嘆する。融通性に富む異才であったといえるかもしれない。

明治二十六（一八九三）年、「脩がこの年から俳句を作ることを始めた。「皮足袋の四十に足を踏込みぬ」の句がある」とあり、明治二十九（一八九六）年には「脩が一月に秀英舎市が谷工場の欧文校正係に転じて、牛込二十騎町に移った」とある。同じ校正でも漢字の校正と欧文の校正とはまるで違う。このような仕事の変化に対応できることも驚異である。

ここで「その百十一」から脩に関する記述を摘記する。

明治三十四（一九〇一）年、「脩が吟月と号した。俳諧の師二世桂《かつら》の本琴糸女《もときんしじょ》の授くる所の号である」。

明治三十五（一九〇二）年、「脩が十月に秀英舎を退いて京橋宗十郎町の国文社に入り、校正係になった」。

明治三十六（一九〇三）年、「脩が九月に静岡に往って、安西一丁目南裏に渋江塾を再興した。県立静岡中学校長川田正澂《せいちょう》の勧に従って、中学生のために温習の便宜を謀ったのである」。

明治三十八（一九〇五）年、「脩が十二月に静岡の渋江塾を閉じた。川田が宮城県第一中学校長に転じて、静岡中学校の規則が変更せられ、渋江塾は存立の必要なきに至ったのである」。

明治三十九（一九〇六）年、「脩が入京して小石川久堅町博文館印刷所の校正係になった」。

「抽斎歿後の第四十九年は明治四十一（一九〇八）年である。四月十二日午後十時に脩が歿した。脩はこの月四日降雪の日に感冒した。しかし五日までは博文館印刷所の業を廃せなかった。六日に至って咳嗽《がいそう》甚しく、発熱して就蓐《じゅじょく》し、終《つい》に加答児《カタル》性肺炎のために命を隕《おと》した。嗣子終吉さんは今の下渋谷の家に移った。

わたくしは脩の句稿を左に鈔出《しょうしゅつ》する。類句を避けて精選するが如きは、その道に専ならざるわたくしの能くする所では無い。読者の指摘《してき》を得ば幸であろう」。

ここで森鷗外は十五句を紹介しているが、私は五句にとどめる。

海苔《のり》の香や麦藁《むぎわら》染むる縁の先
切凧《きれだこ》のつひに流るゝ小川かな
陽炎《かげろふ》と共にちらつく小鮎《こあゆ》哉《かな》
牡丹《ぼたん》切《きっ》て心さびしき夕かな
手も出さで机に向ふ寒さ哉

山田脩の生涯は明治維新をまたいで生きた男性の典型の一つかもしれない。維新前はすぐれた医師兼儒者として高禄を給されていた富裕な家庭に育ちながら、維新後はどのように生きるか、という苦境の中で、電気技術や、英語その他の生きるすべを身につけ、様々な職業を転々とし、結局、社会の下積みに終わったのが脩の生涯であった。これも明治維新が元武士階級に属した一人の人間に与えた運命であった。

付け加えて言えば、脩も保と同じく、抽斎のような多趣味をもつ人物ではなく、人間性が抽斎に比し、よほど小さかったように見える。

第六章

1

渋江抽斎の遺族が弘前に到着して以後、それぞれどのようにその後を生きたかを、『渋江抽斎』の記述にもとづいて辿ることとして、これまで、渋江家に継嗣となった成善（後に改名して保）について考察し、次いで、その兄、保と同じ母五百をもつ、専六（後に改名して脩）について考察してきたので、次いで、彼らの兄、矢嶋優善について、彼がどう生きたかを見ることにする。

「抽斎歿後の第十一年は明治二（一八六九）年である。抽斎の四女陸が矢川文一郎に嫁したのは、この年九月十五日である」と「その八十五」にあるが、陸の運命は後に見ることとし、「その八十六」の次の記述を読む。

「矢嶋優善は、陸が文一郎の妻になった翌月、即ち十月に、土手町に家を持って、周禎《しゅうてい》の許にいた鉄を迎え入れた。それは行懸りの上から当然の事で、五百は傍《はた》から世話を焼いたのである。しかし二十三歳になった鉄は、もう昔日の如く夫の甘言に賺《すか》されては居らぬので、この土手町の住いは優善が身上のクリジス（恐慌の意）を起す場所となった。

優善と鉄との間に、夫婦の愛情の生ぜぬことは、固《もと》より予期すべきであった。しかし啻《ただ》に愛情が生ぜざるのみではなく、二人は忽《たちま》ち讐敵《しゅうてき》となった。そしてその争うには、鉄がいつも攻勢を取り、物質上の利害問題を提《ひっさ》げて夫に当るのであった。「あなたがいくじが無いばかりに、あの周禎のような男に矢嶋の家を取られたのです。」この句が幾度となく反復せられる鉄が論難の主眼であった。優善がこれに答えると、鉄は冷笑する、舌打をする。

この争は週を累《かさ》ね月を累ねて歇《や》まなかった。五百等は百方調停を試みたが何の功をも奏せなかった。

五百は已むことを得ぬので、周禎に交渉して再び鉄を引き取って貰おうとした。しかし周禎は容易に応ぜなかった。渋江氏と周禎が方との間に、幾度となく交換せられた要求と拒絶とは、押問答の姿になった。

この往反《おうへん》の最中に忽ち優善が失踪した。十二月二十八日に土手町の家を出て、それきり帰って来ぬのである。渋江氏では、優善が悶を排せむがために酒色の境に遁れたのだろうと思って、手分をして料理屋と妓楼とを捜索させた。しかし優善のありかはどうしても知れなかった」。

翌年は抽斎歿後第十二年、明治三（一八七〇）年である。「その八十八」に「矢嶋優善は前年の暮に失踪して、渋江氏では疑懼《ぎく》の間に年を送った。この年一月二日の午後に、石川駅の人が二通の手紙を持って来た。優善が家を出た日に書いたもので、一は五百に宛て、一は成善に宛ててある。並に訣別の書で、所々涙痕《るいこん》を印している。石川は弘前を距《さ》ること一里半を過ぎぬ駅であるが、使のものは命ぜられたとおりに、優善が駅を去った後に手紙を届けたのである」とあり、次の文章に続く。

「五百と成善とは、優善が雪中に行き悩みはせぬか、病み臥しはせぬかと気遣って、再び人を傭って捜索させた。成善は自ら雪を冒して、石川、大鰐《おおわに》、倉立《くらだて》、碇関《いかりがせき》等を隈なく尋ねた。しかし蹤跡《しょうせき》は絶て知れなかった。

優善は東京をさして石川駅を発し、この年一月二十一日に吉原の引手茶屋湊屋《みなとや》に着いた。湊屋の上さんは大分《だいぶ》年を取った女で、常に優善を「蝶さん」と呼んで親んでいた。優善はこの女をたよって往ったのである。

湊屋に皆と云う娘がいた。このみいちゃんは美しいので、茶屋の呼物になっていた。みいちゃんは津藤に縁故があるとか云う河野某を檀那《だんな》に取っていたが、河野は遂にみいちゃんを娶って、優善が東京に著いた時には、今戸橋の畔《ほとり》に芸者屋を出していた。屋号は同じ湊屋である。

優善は吉原の湊屋の世話で、山谷堀《さんやぼり》の箱屋になり、主に今戸橋の湊屋で抱えている芸者等の供をした」。

箱屋とは芸者の三味線を持って伴をする男をいう。芸者遊びで資産を蕩尽した男が零落して箱屋になる話は少なくない。こうして、箱屋になった優善に新しい運命が訪れるのだが、それまでの文章の続きを読む。

「四箇月半ばかりの後、ある人の世話で、優善は本所緑町の安田という骨董店に入贅《にゅうぜい》（婿入りすること）した。安田の家では主人礼助が死んで、未亡人政《まさ》が寡居《かきょ》していたのである。しかし優善の骨董商時代は箱屋時代より短かった。それは政が優善の妻になって間もなくみまかったからである。

この頃前《さき》に浦和県の官吏となった塩田良三が、権大属《ごんだいぞく》に陞《のぼ》って聴訟係《ていしょうがかり》をしていたが、優善を県令に薦めた。優善は八月十八日を以て浦和県出仕を命ぜられ、典獄になった。時に年三十六であった」。

典獄は刑務所長をいう。塩田良三は「その四十七」に紹介されているが、優善の遊蕩仲間であり、抽斎と同じく、伊沢蘭軒門下で「指の腹に杖を立てて歩いたと云う」塩田楊庵が家附の娘に産ませた嫡子である。往年の遊蕩が図らずも優善に彼の後半生の道を開いたのであった。人生塞翁が馬という言葉があるが、これもそのたぐいであろう。

2

明治四(一八七一)年、成善、後の保が上京した年、「その九十二」に次の記述がある。

「矢嶋優善は浦和県の典獄になっていて、この年一月七日に唐津藩士大沢正の女蝶《ちょう》を娶った。嘉永二(一八四九)年生で二十三歳である。これより先前妻鉄は幾多の葛藤を経た後に離別せられていた」。

森鷗外は「幾多の葛藤を経た後」と述べ、その葛藤の詳細は記していない。失踪した優善はこの葛藤にはかかわることはできなかったはずである。鉄と五百とが話し合い、この二人の外、話し合いに何人かの人々が関係したにちがいない。すさまじい葛藤であったろうと想像し、私は、この葛藤にさいして、いわば蚊帳の外にいた優善はいい身分だと思い、鉄が憐れでならない。森鷗外がこの葛藤を叙述していないことを遺憾に思うのだが、それはともかくとして、森鷗外の記述の続きを読む。

「優善は七月十七日に庶務局詰に転じ十月十七日に判任史生にせられた。次で十一月十三日に浦和県が廃せられて、その事務は埼玉県に移管せられたので、優善は十二月四日を以て更に埼玉県十四等出仕を命ぜられた。

成善と倶に東京に来た松本甲子蔵は、優善に薦められて、同時に十五等出仕を命ぜられたが、後兵事課長に進み、明治三十二（一八九九）年三月二十八日に歿した。弘化二（一八四五）年生であるから、五十五歳になったのである」。

この記述からみると、成善、後の保が上京した当時、すでに優善の消息を知り、連絡しあっていたようである。おそらく、浦和県に出仕することになった時に、弘前の五百の許に通知したのであろう。あるいは、それが鉄との離別の交渉を促したのかもしれない。森鷗外の記述の続きに戻る。

「当時県吏の権勢は盛なものであった。成善が東京に入った直後に、まだ浦和県出仕の典獄であった優善を訪うと、優善は等外一等出仕宮本半蔵に駕籠一挺を宰領させて成善を県の界《さかい》に迎えた。成善がその駕籠に乗って、戸田の渡しに掛かると、渡船場の役人が土下座をした。

優善が庶務局詰になった頃の事である。ある日優善は宴会を催して、前年に自分が供をした今戸橋の湊屋の抱芸者を始とし、山谷堀で顔を識った芸者を漏なく招いた。そして酒闌《たけなわ》なる時「己《おれ》はお前方の供をして、大ぶ世話になったことがあるが、今日は己もお客だぞ」と云った。大丈夫志を得たと云う概があったそうである。

県吏の間には当時飲宴がしばしば行われた。浦和県知事間嶋冬道の催した懇親会では、塩田良三が野呂松《のろま》狂言を演じ、優善が莫大小《めりやす》の襦袢袴下《じゅばんはかました》を著て夜這《よばい》の真似をしたことがある。間嶋は通称万次郎、尾張の藩士である。明治二（一八六九）年四月九日に刑法官判事から大宮県知事に転じた。大宮県が浦和県と改称せられたのは、その年九月二十九日の事である。

この年の暮、優善が埼玉県出仕になってからの事である。某村の戸長は野菜一車を優善に献じたいと云って持って来た。優善は「己は賄賂は取らぬぞ」と云って郤《しりぞ》けた。戸長は当惑顔をして云った。「どうもこの野菜をこのまま持って帰っては、村の人民共に対して、わたくしの面目が立ちませぬ。」

「そんなら買って遣ろう」と、優善が云った。

戸長はようよう天保銭一枚を受け取って、野菜を車から卸させて帰った。

優善は廉《やす》い野菜を買ったからと云って、県令以下の職員に分配した。

県令は野村盛秀であったが、野菜を貰うと同時にこの顛末を聞いて、「矢嶋さんの流義は面白い」と云って褒めたそうである。野村は初め宗七と称した。薩摩の士で、浦和県が埼玉県となった時、日田県知事から転じて埼玉県知事に任ぜられた。間嶋冬道は去って名古屋県に赴いて、参事の職に就いたが、後明治二十三（一八九〇）年九月三十日に御歌所寄人《よりうど》を以て終った。また野村は後明治六（一八七三）年五月二十一日にこの職にいて歿したので、長門《ながと》の士参事白根多助が一時県務を摂行《せっこう》した」。

余談だが、白根多助は二代目の埼玉県県令となり、功績があったようである。大宮公園に白根の顕彰碑がある。太い六本の石積みの柱に支えられた、屋根付きの直径二メートルもあろうかと思われる構築物の中に大きな碑が建てられている。碑に刻まれた文字は摩耗して読めないが、案内板によれば、白根は明治六（一八七三）年から十五年まで十年間にわたり二代目県令としておおいに県政に貢献したという。大宮公園には昭和天皇の行幸記念碑、青来昆陽先生の碑などいくつかの碑があるが、みな雨ざらしのささやかなもので、白根の顕彰碑がずば抜けて立派である。私の散歩の途次に在って、始終見かけているので、付け加えておく。

優善は才子であった。官僚の世界に入ればすぐに順応し、どのように振舞えば上司や同僚の気に入られるかを知って、そのように振舞うことができる人物であった。

抽斎歿後の第十四年は明治五（一八七二）年である。この年、五百は五月二十日に東京に着いた。「その九十四」に「優は浦和から母に逢いに来た」とあり、次の文章に続く。

「三人の子の中で、最も生計に余裕があったのは優である（すでに記したとおり、明治四年に優善は優《ゆたか》と改名した）。優はこの年四月十二日に権少属《ごんしょうさかん》になって、月給僅《わずか》に二十五円である。これに当時の潤沢なる巡回旅費を加えても、尚七十円許《ばかり》に過ぎない。しかしその意気は今の勅任官に匹敵していた。優の家には二人の食客があった。一人は妻蝶の弟大沢正である。今一人は生母徳の兄岡西玄亭の次男養玄である。玄亭の長男玄庵はかつて保の胞衣《えな》を服用したと云う癲癇病者で、維新後間もなく世を去った。次男がこの養玄で、当時氏名を更《あらた》めて岡寛斎と云っていた。優が登庁すると、その使役する給仕は故旧中田某の子敬三郎である。優が推薦した所の県吏には、十五等出仕松本甲子蔵がある。また敬三郎の父中田某、脩の親戚山田健三、かつて渋江家の若党たりし中条勝次郎、川口に開業していた時の相識宮本半蔵がある。中田以下は皆月給十円の等外一等出仕である。その他今の清浦子が県下の小学教員となり、県庁の学務課員となるにも、優の推薦が与って力があったとかで、「矢嶋先生奎吾」と書した尺牘《せきどく》（手紙のこと）数通が遺っている。一時優の救援に藉《よ》って衣食するもの数十人の衆《おお》きに至ったそうである」。

清浦子とは清浦奎吾子爵、貴族院議員、枢密顧問官、首相も務め、後には伯爵になった、戦前、著名な人物である。さらに、続きを読む。

「保は下宿屋住いの諸生、脩は廃藩と同時に横川邸の番人を罷《や》められて、これも一戸を構えていると云うだけでやはり諸生であるのに、独り優が官吏であって、しかも此の如く応分の権勢をさえ有している。そこで優は母に勧めて、浦和の家に迎えようとした。「保が卒業して渋江の家を立てるまで、せめて四五年の間、わたくしの所に来ていて下さい」と云ったのである。

しかし五百は応ぜなかった。「わたしも年は寄ったが、幸に無病だから、浦和に往って楽をしなくても好い。それよりは学校に通う保の留守居でもしましょう」と云ったのである。

優は猶勧めて已まなかった。そこへ一粒金丹のやや大きな注文が来た。福山、久留米の二箇所から来たのである。金丹を調製することは、始終五百が自らこれに任じていたので、此度もまた直に調合に着手した。優は一旦浦和へ帰った。

八月十九日に優は再び浦和から出て来た。そして母に言うには、必ずしも浦和へ移らなくても好いから、兎《と》に角《かく》見物がてら泊りに来て貰いたいと云うのであった。そこで二十日に五百は水木と保とを連れて浦和へ往った」。

彼が五百に熱心に浦和に来るように勧めたのは昔年の親不孝の罪滅ぼしといった心情によるものか、権勢を示したいという自己顕示欲によるものか、は計り難い。

「その九十五」に入り、保が森枳園の助けを借りて高等師範学校に入学した時期、以下の記述がある。

「この頃矢嶋優は暇を得る毎に、浦和から母の安否を問いに出て来た。そして土曜日には母を連れて浦和へ帰り、日曜日に車で送り還した。土曜日に自身で来られぬときは、迎の車をおこすのであった。

鈴木の女主人《おんなあるじ》は次第に優に親んで、立派な、気さくな檀那だと云って褒めた。当時の優は黒い鬚髯《しゅぜん》（あごひげとほおひげの意）を蓄えていた。かつて黒田伯清隆に閲した時、座に少女があって、やや久しく優の顔を見ていたが、「あの小父さんの顔は倒に附いています」と云ったそうである。鬢毛《びんもう》が薄くて髯《ひげ》が濃いので、少女は頤《あご》を頭と視たのである。優はこの容貌で洋服を著け、時計の金鎖を胸前に垂れていた。女主人が立派だと云ったはずである。

ある土曜日に優が夕食頃に来たので、女主人が「浦和の檀那、御飯を差し上げましょうか」と云った。「いや。難有いがもう済まして来ましたよ。今浅草見附の所を遣って来ると、旨そうな茶飯餡掛《あんかけ》を食べさせる店が出来ていました。そこに腰を掛けて、茶飯を二杯、餡掛を二杯食べました。どっちも五十文ずつで、丁度二百文でした。廉《やす》いじゃありませんか」と、優は云った。女主人が気さくだと称するのは、この調子を斥《さ》して言ったのである」。

明治六（一八七三）年、抽斎歿後第十五年、保が師範学校の退学処分を受けようとして寄宿舎に入ることを拒否しようと企てたが、比良野貞固と矢嶋優とが、履歴に拭うべからざる汚点を残すと諭して、退学を思いとどまらせたことはすでに記したが、この年、「その九十八」に次の記述がある。

「矢嶋優はこの年八月二十七日に少属《しょうさかん》に陞《のぼ》ったが、次で十二月二十七日には同官等を以て工部省に転じ、鉱山に関する事務を取り扱うことになり、芝琴平町に来り住した」。

抽斎歿後の第十七年、明治八（一八七五）年、二月に保と五百が浜松に発った後、矢嶋優は家をたたんで三池に出張していた。

「その九十九」には、「矢嶋優はこの年十月十八日に工部少属を罷めて、新聞記者になり、魁新聞、真砂《まさご》新聞等のために、主として演劇欄に筆を執った。魁新聞には山田脩が倶に入社し、真砂新聞には森枳園が共に加盟した。枳園は文部省の官吏として、医学校、工学寮等に通勤しつつ、旁《かたわ》ら新聞社に寄稿したのである」とある。

翌明治九（一八七六）年、比良野貞固が「本所緑町の家で歿した。文化九（一八一二）年生であるから、六十五歳を以て終ったのである」。

その後しばらく、矢嶋優の消息は記されていない。

「抽斎歿後の第二十年は明治十一（一八七八）年である」と始まる「その百」において、五百、保が浜松を発って、十一月二日に東京に戻り、山田脩が手配していた芝区松本町の家に着いたが、「独り矢嶋優のみは母の到着するを待つことが出来ずに北海道へ旅立った。

十月八日に開拓使御用掛を拝命して、札幌に在勤することとなったからである」という。新聞の演劇欄の寄稿者として生活するよりも、やはり、役人としての権勢に未練をもったのであろうか。ここで再び、優は役所勤めに戻ったようである。ただし、森鷗外はその経緯も動機もまったく記述していない。『渋江抽斎』において、森鷗外はそれぞれの人物の経歴を叙述していても、それがどういう心情、心境によるか、そうじて関心を示していない。

演劇欄の寄稿者として、先に森枳園が寄稿者となったことを記したので、ここでは矢嶋優について書くことが目的だが、ついでに森枳園のその後についてふれたい。というのは、「その百一」に次の記述があるからである。

「森枳園はこの年十二月一日に大蔵省印刷局の編修になった。身分は准判任御用掛で、月給四十円であった。局長得能良介は初め八十円を給せようと云ったが、枳園は辞して云った。多く給せられて早く罷められむよりは、少く給せられて久しく勤めたい。四十円で十分だと云った。局長はこれに従って、特に耆宿《きしゅく》（徳望、経験ある老人の意）として枳園を優遇し、土蔵の内に畳を敷いて事務を執らせた。この土蔵の鍵は枳園が自ら保管していて、自由にこれに出入した。寿蔵碑に「日日入局、不知老之将至、殆為金馬門之想云」

（日々、局に入り、老いのまさに至るを知らず、殆ど金馬の門の想いを為すと云う）と記してある」。

森枳園も人間としてアクが抜けた感じがあるが、反面、計算高い面もあわせ持っていたようである。「金馬の門」とは文学の士の意といわれる。

さて、「その百三」は「抽斎歿後の第二十四年は明治十五（一八八二）年である」と始まるが、この章に「この年矢嶋優は札幌にあって、九月十五日に渋江氏に復籍した。十月二十三日にその妻蝶が歿した。年三十四であった」とある。本来、鉄と離婚したときに渋江家に復籍すべきものであったと思われる。それにしても三十四歳で他界した蝶の死は悼ましいが、この時代、二、三歳から十歳にもならずに夭折した子はじつに多い。三十代の半ばの死もやはり私たちから見ると早死という感がつよい。

「その百四」は「抽斎歿後の第二十五年は明治十六（一八八三）年である」と始まり、次の記述がある。

「勝久は相生町の家で長唄を教えていて、山田脩はその家から府庁電信局に通勤していた。そこへ優が開拓使の職を辞して札幌から帰ったのが八月十日である。優は無妻になっているので、勝久に説いて師匠を罷めさせ、専ら家政を掌《つかさど》らせた」。

後に述べるとおり、勝久は優の妹、陸である。優がいかにも身勝手という感がつよいが、同時に、渋江家の兄弟姉妹はずいぶん仲良く、互いの面倒を見ているという思いをつよくすることも事実である。

「その百五」は次の文章で始まる。

「この年十二月二日に優が本所相生町の家に歿した。優は職を罷める時から心臓に故障があって、東京に還って清川玄道の治療を受けていたが、屋内に静座していれば別に苦悩も無かった。歿する日には朝から物を書いていて、午頃《ひるごろ》「ああ草臥《くたび》れた」と云って仰臥《ぎょうが》したが、それ切り起たなかった。岡西氏徳の生んだ、抽斎の次男は此の如くにして世を去ったのである。優は四十九歳になっていた。子は無い。遺骸は感応寺に葬られた。

優は蕩子《とうし》であった。しかし後に身を吏籍に置いてからは、微官（下級の官吏の意）に居ったにも拘らず、頗る材能《さいのう》を見《あらわ》した。優は情誼に厚かった。親戚朋友のその恩恵を被ったことは甚だ多い。優は筆札を善くした。その書には小嶋成斎の風があった。その他演劇の事はこの人の最も精通する所であった。新聞紙の劇評の如きは、森枳園と優とを開拓者の中《うち》に算すべきであろう。大正五（一九一六）年に珍書刊行会で公にした劇界珍話は飛蝶《ひちょう》の名が署してあるが、優の未定稿である」。

優は、僅か四か月前に死歿を予期して辞職し、東京に戻ったかのように見える。

また、森枳園と並べて、優を劇評の開拓者と言っているが、優が一時期劇評を書いたことは事実としても、遊蕩に耽っていた若い頃はともかくとして、維新以後、彼がどれほど演劇を好み、どれほど詳しかったか、記述はほとんど無いといってよい。それ故、彼を抽斎や森枳園などと同視できる資料は提示されていない。森鷗外が渋江優を充分な根拠なく「開拓者」と言うのは過褒としか思われない。

3

五百らが弘前に赴いた時、五百は五十三歳、陸は二十二歳、水木は十六歳、戸主成善、後の保は十二歳であった。陸と五百の弘前以後を辿るにあたって、やはり、水木についてもふれなければなるまい。しかし、森鷗外は『渋江抽斎』において水木については語るべき出来事を何も記していないに等しい。僅かな記述をたよりに水木がどのように弘前以後を過したか、ふれることにする。

五百が優善に起請文を書かせたのは抽斎歿後第四年、文久二（一八六二）年だが、「その七十五」に次の記述がある。

「伊沢柏軒はこの年三月に二百俵三十人扶持の奥医師にせられて、中橋埋地からお玉が池に居を移した。この時新宅の祝宴に招かれた保さんが種々の事を記憶している。柏軒の四女やすは保さんの姉水木と長唄の老松《おいまつ》を歌った」。

この記述からみると、陸、後の杵屋勝久と同じく、水木も長唄を祝宴で披露するほどの藝はもっていたようである。ちなみに渋江一家が弘前に赴いた明治元（一八六八）年、水木は十六歳であったから、伊沢柏軒の祝宴で長唄を歌ったのは僅か十歳ということになる。この年齢を考えると、柏軒の祝宴の水木の長唄は保の記憶違いか、あるいは森鷗外の書き間違いか、という疑問を抱く人があるかもしれない。ただ、老松は祝いの席で歌われる演目であり、当時十歳の水木が歌っても歌えるものだ、と多年、長唄を稽古している私の妹が教えてくれた。だから、これは事実にちがいない。しかし、陸のばあいと異なり、その後は、水木は長唄の稽古は続けなかったのではないか。水木の長唄にふれた記述はまったくないことがその理由である。

抽斎歿後の第十二年、明治三（一八七〇）年、「その八十九」に「抽斎の六女水木はこの年馬役村田小吉の子広太郎に嫁した。時に年十八であった。既にして矢嶋周禎が琴瑟《きんしつ》整わざることを五百に告げた。五百は已むを得ずして水木を取り戻した」とある。馬役とは馬廻役のことかもしれないが、確かでない。どういう経緯で嫁すことになったのか、どのように琴瑟整わなかったのか、何故そうなったのか、まるで記述がない。なお、矢嶋周禎は優善の年長の養子であり、彼がどういう役割を果したかも記されていない。

明治五（一八七二）年、「五百は五月二十日に東京に着いた」と「その九十四」にあり、「矢川文一郎、陸の夫妻並に村田氏から帰った水木の三人と倶に、本所横網町の鈴木方に行李を卸した」とあり、八月十九日には矢嶋優に誘われて五百が浦和へ行くのに水木も同行している。

「その九十八」には、抽斎歿後の第十六年にあたる明治七（一八七四）年、「水木はこの年深川佐賀町の洋品商兵庫屋藤次郎に再嫁した。二十二歳の時である」と記されている。この再婚の経緯も兵庫屋藤次郎がどういう人物かもまったく記述がない。

「その百」では「陸は母と保との浜松へ往った後も、亀沢町の家で長唄の師匠をしていた。この家には兵庫屋から帰った水木が同居していた。勝久は水木の夫であった畑中藤次郎を頼もしくないと見定めて、まだ脩が浜松に往かぬ先に相談して、水木を手元へ連れ戻したのである」という。

山田脩が浜松へ往ったのは明治十一（一八七八）年の九月と記されているから、水木が畑中藤次郎と離婚したのは同年夏頃であったと思われる。こうした経緯を見ると、水木はおよそ自主性に乏しい女性であり、周囲の言うがままに結婚し、周囲の判断にしたがって離婚してきたようである。その後は、保、五百、水木の三人が松本町の家で暮らすこととなる。

保が愛知県中学校長に就任した明治十四（一八八一）年、「保は八月三日に母と水木とを伴って東京を発した」と「その百一」に記されている。保の住む三河国国府町の長泉寺の隠居所に三人で生活することになったことは「その百二」に記されており、明治十六（一八八三）年、保が愛知県中学校長の職を辞して東京に戻り、烏森町一番地に家を借りると、また、母と水木と共に暮らすことになった、と「その百四」に記されている。

明治十七（一八八四）年二月十四日に五百は烏森の家で歿したが、その時も水木は同じ家で暮らしていたはずである。水木が保と共に五百が息を引きとるのをみとったことを窺わせる記述もないことは後にみるとおりである。

このような状況から見れば、森鷗外が渋江家の人々について情報を得たのは主として保からであるが、保は水木の二度にわたる離婚の事情にも通じていたはずであり、また、平素の言動から彼女の心境、思想なども分かっていたはずである。こうした事柄を保から聞き出していれば、水木をもっと生き生きした生活者として描写できたはずである。森鷗外が水木をまったく主体性、自主性のない、木偶《でく》のような女性としか描いていないことを私は残念に思っている。

「その百八」に「水木はこの年山内氏を冒し芝新銭座町に一戸を構えた」とある。何故、山内氏となったか、どのようにして水木が生計を立てたか、森鷗外はまったく記述していない。この年は明治十七（一八八四）年、五百が亡くなった年だから、あるいは、母のいない保の家に同居するのが居辛くなったのかもしれない。ただ、山内氏を冒したというのも五百の死歿と関係があるのかもしれないが、遺憾ながら森鷗外は事情を説明していない。「その百十二」に、明治三十四（一九〇一）年、「山内水木が一月二十六日に歿した。年四十九であった」とある。誰か彼女の死をみとる人があったのかどうか、も分からない。渋江家の人々の中で最も印象の淡い人物である。

ここで水木について書くべきことは終わるのだが、彼女が「山内氏を冒し芝新銭座町に一戸を構えた」とある記述に続き、森枳園のその後が記されているので、ついでのことながら、付け加えておきたい。即ち以下の記述である。

4

「抽斎歿後の第二十七年は明治十八（一八八五）年である。保は新聞社の種々の用務を弁ずるために、しばしば旅行した。十月十日に旅から帰って見ると、森枳園の五日に寄せた書が机上にあった。面談したい事があるが、何時往ったら逢われようかと云うのである。保は十一日の朝枳園を訪うた。枳園は当時京橋区水谷町九番地に住んでいて、家族は子婦《よめ》大槻氏よう、孫女《まごむすめ》こうの二人であった。嗣子養真は父に先《さきだ》って歿し、こうの妹りゅうは既に人に嫁していたのである。

枳園は京浜毎日新聞の演劇欄を担任しようと思って、保に紹介を求めた。これより先狩谷棭斎の倭名《わみょう》鈔箋註《しょうせんちゅう》が印刷局において刻せられ、また経籍訪古志が清国使館において刻せられて、此等の事業は枳園がこれに当っていたから、その家は昔の如く貧しくはなかった。しかしこの年一月に大蔵省の職を罷めて、今は月給を受けぬことになっているので、再び記者たらむと欲するのであった。

保は枳園の求に応じて、新聞社に紹介し、二三篇の文章を社に交付して置いて、十二日にまた社用を帯びて遠江国浜松に往った。然るに用事は一箇所において果すことが出来なかったので、犬居《いぬい》に往き、掛塚から汽船豊川丸に乗って帰京の途に就いた。そして航海中暴風に逢って、下田に淹留《えんりゅう》し、十二月十六日にようよう家に帰った。

机上にはまた森氏の書信があった。しかしこれは枳園の手書ではなくて、その訃音《ふいん》であった。

枳園は十二月六日に水谷町の家に歿した。年は七十九であった。枳園の終焉に当って、伊沢徳《めぐむ》さんは枕辺に侍していたそうである。印刷局は前年の功労を忘れず、葬送の途次柩《ひつぎ》を官舎の前に駐《とど》めしめ、局員皆出でて礼拝した。枳園は音羽洞雲寺の先塋《せんえい》に葬られたが、この寺は大正二年八月に巣鴨村池袋丸山千六百五番地に徙《うつ》された。池袋停車場の西十町許《ばかり》で、府立師範学校の西北、祥雲寺の隣である。（中略）

保は枳園の訃《ふ》を得た後、病のために新聞記者の業を罷め、遠江国周智郡犬居村百四十九番地に転籍した。保は病のために時々卒倒することがあったので、松山棟庵が勧めて都会の地を去らしめたのである」。

森枳園の往年を思えば感慨ふかいものがある。

5

これから陸がどのように生きたかを見ることとする。「その八十五」に次の記述がある。「抽斎歿後の第十一年は明治二（一八六九）年である。抽斎の四女陸が矢川文一郎に嫁したのは、この年九月十五日である。

陸が生れた弘化四（一八四七）年には、三女棠がまだ三歳で、母の懐を離れなかったので、陸は生れ降ちるとすぐに、小柳町の大工の棟梁新八と云うものの家へ里子に遣られた。さて嘉永四（一八五一）年に棠が七歳で亡くなったので、母五百が五歳の陸を呼び返そうとすると、たまたま矢嶋氏鉄が来たのを抱いて寝なくてはならなくなって、陸を還すことを見あわせた。翌五年にようよう還った陸は、色の白い、愛らしい六歳の少女であった。しかし五百の胸をば棠を惜む情が全く占めていたので、陸は十分に母の愛に浴することが出来ずに、母に対しては頗る自ら抑遜《よくそん》（抑制の意）していなくてはならなかった。

これに反して抽斎は陸を愛撫して、身辺に居らせて使役しつつ、ある時五百にこう云った。「己《おれ》はこんなに丈夫だから、どうもお前よりは長く生きていそうだ。それだから今の内に、こうして陸を為込《しこ》んで置いて、お前に先へ死なれた時、この子を女房代りにする積だ。」

陸はまた兄矢嶋優善にも愛せられた。塩田良三もまた陸を愛する一人で、陸が手習をする時、手を把《と》って書かせなどした。抽斎がある日陸の清書を見て「良三さんのお清書が旨く出来たな」と云って揶揄《からか》ったことがある。

陸は小さい時から長唄が好で、寒夜に裏庭の築山の上に登って、独り寒声《かんごえ》の修行をした」。

ここで「その八十六」に入って、陸の話が続く。

「抽斎の四女陸はこの家庭に生長して、当時尚その境遇に甘んじ、毫《ごう》も婚嫁を急ぐ念が無かった。それゆえかつて一たび飯田寅之丞《とらのじょう》に嫁せむことを勧めたものもあったが、事が調わなかった。寅之丞は当時近習小姓であった。天保十三（一八四二）年壬寅《じんいん》に生れたからの名である。即ち今の飯田巽《たつみ》さんで、巽の字は明治二（一八六九）年己巳《きし》に二十八になったと云う意味で選んだのだそうである。陸との縁談は媒《なこうど》が先方に告げずに渋江氏に勧めたのではなかろうが、余り古い事なので巽さんは已《すで》に忘れているらしい。然るに此度は陸が遂に文一郎の聘《へい》を卻《しりぞ》くることが出来なくなった。

文一郎は最初の妻柳が江戸を去ることを欲せぬので、一人の子を附けて里方へ還して置いて弘前へ立った。弘前に来た直後に、文一郎は二度目の妻を娶ったが、未だ幾《いくばく》ならぬにこれを去った。この女は西村与三郎の女《むすめ》作であった。次で箱館から還った頃からであろう、陸を娶ろうと思い立って、人を遣《つかわ》して請うこと数度に及んだ。しかし渋江氏では輒《すなわ》ち動かなかった。陸には旧に依って婚嫁を急ぐ念が無い。五百は文一郎の好人物なることを熟知していたが、これを婿にすることをば望まなかった。こう云う事情の下に、両家に間にはやや久しく緊張した関係が続いていた。

文一郎は壮年の時パッションの強い性質を有していた。その陸に対する要望はこれがために頗る強烈であった。渋江氏では、もしその請を納れなかったら、あるいは両家の間に事端を生じはすまいかと慮《おもんぱか》った。陸が遂に文一郎に嫁したのは、この疑懼《ぎく》の犠牲になったようなものである。

この結婚は、名義から云えば、陸が文一郎に嫁したのであるが、形迹から見れば、文一郎が婿入をしたようであった。式を行った翌日から、夫婦は終日渋江の家にいて、夜更けて矢川の家へ寝に帰った。この時文一郎は新に馬廻《うままわり》になった年で二十九歳、陸は二十三歳であった」。

「その九十三」に「五百が弘前を去る時、村田広太郎の許から帰った水木を伴わなくてはならぬことは勿論であった。その外陸《くが》もまた夫矢川文一郎と倶に五百に附いて東京へ往くことになった」とあり、さらに「文一郎は弘前を発する前に、津軽家の用達《ようたし》商人工藤忠五郎蕃寛《はんかん》の次男蕃徳を養子にして弘前に遺した」とあり、蕃寛等についての説明があるが、陸のその後には関係ないので略する。

そこで「その九十四」に入り「五百は五月二十日に東京に着いた。そして矢川文一郎、陸の夫妻並に村田氏から帰った水木の三人と倶に、本所横網町の鈴木方に行李を卸した」とある。彼らの上京は明治五（一八七二）年である。

「その九十六」に「五百と一しょに東京に来た陸が、夫矢川文一郎の名を以て、本所緑町に砂糖店を開いたのもこの年の事である」とあり、「その九十八」には、明治六（一八七三）年、「陸は矢川文一郎と分離して、砂糖店を閉じた。生計意の如くならざるがためであっただろう。文一郎が三十三歳、陸が二十七歳の時である。次で陸は本所亀沢町に看板を懸けて杵屋勝久と称し、長唄の師匠をすることになった」とあるが、おそらく、その後、森鷗外はこの間の事情を詳しく知ることになったのであろう。陸、すなわち杵屋勝久の帰京後については五百の死歿を記した後「その百十三」以下に詳しく記述されている。「その百十三」の記述は次のとおりである。

「渋江氏が一旦弘前に徙《うつ》って、その後東京と改まった江戸に再び還った時、陸は本所緑町に砂糖店を開いた。これは初め商売を始めようと思って土著したのではなく、ただ稲葉と云う家の門の片隅に空地があったので、そこへ小屋を建てて住んだのであった。さてこの家に住んでから、稲葉氏と親しく交わることになり、その勧奨に由って砂糖店をば開いたのである。また砂糖店を閉じた後に、長唄の師匠として自立するに至ったのも、同じ稲葉氏が援助したのである。（中略）

陸が小屋に移った当座、稲葉氏の母と娘とは、湯屋に往くにも陸をさそって往き、母が背中を洗って遣れば、娘が手を洗って遣ると云うようにした。髪をも二人で毎日種々の髷《まげ》に結って遣った。

さて稲葉の未亡人の云うには、若いものが坐食していては悪い、心安い砂糖問屋があるから、砂糖店を出したが好かろう、医者の家に生れて、陸は秤目《はかりめ》を知っているから丁度好いと云うことであった。砂糖店は開かれた。そして繁昌した。品も好く、秤も好いと評判せられて、客は遠方から来た。汁粉屋が買いに来る、煮締屋《にしめや》が買いに来る。小松川あたりからわざわざ来るものさえあった。

ある日貴婦人が女中大勢を連れて店に来た。そして氷砂糖、金平糖などを買って、陸に言った。「士族の女で健気《けなげ》にも商売を始めたものがあると云う噂を聞いて、わたしはわざわざ買いに来ました。どうぞ中途で罷めないで、辛棒をし徹《とお》して、人の手本になって下さい」と云った。後に聞けば、藤堂家の夫人だそうであった。藤堂家の下屋敷は両国橋詰にあって、当時の主人は高猷《たかゆき》、婦人は一族高嶷《たかたけ》の女であったはずである。

ある日また五百と保とが寄席に往った。心打は円朝であったが、話の本題に入る前に、こう云う事を言った。「此頃緑町では、御大家のお嬢様が砂糖屋をお始になって、殊の外《ほか》御繁昌だと申すこととございます。時節柄結構なお思い立で。誰もそうありたい事と存じます」と云った。話の中に所謂心学を説いた円朝の面目が窺われる。五百は聴いて感慨に堪えなかったそうである」。

「その百十三」には、この円朝の話に続いて次のとおり記されている。

「この砂糖店は幸か不幸か、繁昌の最中《もなか》に閉じられて、陸は世間の同情に酬《むく》いることを得なかった」。

いったい、上京後の陸の身の上は謎が多い。稲葉家の片隅に建てた小屋に夫である矢川文一郎と同居していたような気配はない。しかし、砂糖店は文一郎の名を以て開いた、という。しかも、弘前を発つ前に文一郎は津軽家の用達商人工藤蓄寛の次男を養子に迎えている。陸と結婚したばかりの矢川文一郎は何故養子を迎えたのか、これも不可解である。この養子縁組により、蓄寛の「次男蓄徳は文一郎の士籍を譲り受けた」と「その九十三」に書かれている。かつては戸籍に士族とか平民とか、記載されていた。蓄徳は戸籍上「士族」と記載されたいという理由で養子縁組をしたのであろうか。それにより、矢川文一郎は厚誼を示したか、あるいは、金銭的な報酬を受けたのかも知れない。砂糖店を閉じ、陸は文一郎と別離した、とあるから、この時、彼らは離婚したのだが、事実上は別居していたのではなかろうか。しかも砂糖店は文一郎の名義で開いていたので、文一郎が利益の配分を要求し、このような要求を不当と考えて、拒否した陸との間で「その百十三」にいう「家族関係の上に除き難い障礙《しょうがい》が生じた」ということなのではなかろうか。森鷗外は陸が砂糖店を閉じた理由を知りながら、「家族関係の上に除き難い障礙」という表現をことさらに用いて、真相を明らかにするのを控えたのであろう。

「その百十三」は続いて次のとおり書いている。

「商業を廃して間暇《かんか》を得た陸の許へ、稲葉の未亡人は遊びに来て、談はたまたま長唄の事に及んだ。長唄は未亡人がかつて稽古したことがある。陸には飯よりも好な道である。

一しょに浚《さら》って見ようではないかと云うことになった。未だ一段を終らぬに、世話好の未亡人は驚歎しつつこう云った。

「あなたは素人じゃないではありませんか。是非師匠におなりなさい。わたしが一番に弟子入をします。」」。

ここで「その百十四」に入り、次に続く。

「稲葉の未亡人の詞《ことば》を聞いて、陸の意はやや動いた。芸人になると云うことを憚《はばか》ってはいるが、どうにかして生計を営むものとすると、自分の好む芸を以てしたいのであった。陸は母五百の許に往って相談した。五百は思いの外容易《たやす》く許した。

陸は師匠杵屋勝三郎の勝の字を請い受けて勝久と称し、公に稟《もう》して鑑札を下付せられた。その時本所亀沢町左官庄兵衛の店《たな》に、似合わしい一戸が明いていたので、勝久はそれを借りて看板を懸けた。二十七歳になった明治六（一八七三）年の事である」。

藝、遊芸をもって身を立てることは卑しいこととする時代であったことを改めて私たちは知ることになる。そこで、陸がどのように長唄を修行したか、振り返ってみることにする。「その百十二」に以下の記述がある。

「陸が始て長唄の手ほどきをして貰った師匠は日本橋馬喰町の二世杵屋勝三郎で、馬場の鬼勝と称せられた名人である。これは嘉永三（一八五〇）年陸が僅《わずか》に四歳になった時だと云うから、まだ小柳町の大工の棟梁新八の家へ里子に遣られていて、そこから稽古に通ったことであろう。

母五百も声が好かったが、陸はそれに似て美声だと云って、勝三郎が褒めた。節も好く記《おぼ》えた。三味線は「宵は待ち」を弾く時、早く既に自ら調子を合せることが出来、めりやす黒髪位に至ると、師匠に連れられて、所々の大浚《おおざらえ》に往った。

勝三郎は陸を教えるに、特別に骨を折った。月六斎と日を期して、勝三郎が喜代蔵、辰蔵二人の弟子を伴って、お玉が池の渋江の邸に出向くと、その日には陸も里親の許から帰って待ち受けていた。陸の浚《さらえ》が畢ると、二番位演奏があって、その上で酒飯が出た。料理は必ず青柳から為出《しだ》した。嘉永四（一八五一）年に渋江家が本所台所町に移ってからも、この出稽古は継続せられた」。

ここで陸が勝久と称して長唄の師匠の看板を懸けた時期に移り、「その百十四」の前に引用した文章の続きを読むことにしたい。

「この亀沢町の家の隣には、吉野と云う象牙職の老夫婦が住んでいた。主人は町内の若《わか》い衆頭《しゅがしら》で、世馴れた、俠気《きょうき》のある人であったから、女房と共に勝久の身の上を引き受けて世話をした。「まだ町住いの事は御存じないのだから、失礼ながらわたし達夫婦でお指図をいたして上げます」と云ったのである。夫婦は朝表口の揚戸を上げてくれる。晩にまた卸してくれる。何から何まで面倒を見てくれたのである。

吉野の家には二人の女《むすめ》があって、姉をふくと云い、妹をかねと云った。老夫婦は即時にこの姉妹を入門させた。おかねさんは今日本橋大坂町十三番地に住む水野某の妻で、子供をも勝久の弟子にしている。

吉野は勝久の事を町住いに馴れぬと云った。勝久はかつて砂糖店を出していたことはあっても、今所謂愛敬商売の師匠となって見ると、自分の物馴れぬことの甚しさに気附かずにはいられなかった。これまで自分を「お陸さん」と呼んだ人が、忽ち「お師匠さん」と呼ぶ。それを聞く毎にぎくりとして、理性は呼ぶ人の詞《ことば》の妥当なるを認めながら、感情はその人を意地悪のように思う。砂糖屋でいた頃も、八百屋、肴屋にお前と呼ぶことを遠慮したが、当時はまだその辞《ことば》を紆曲《うきょく》（遠回りの意）にして直《ただち》に相手を斥《さ》して呼ぶことを避けていた。今はあらゆる職業の人に交わって、誰をも檀那と云い、お上さんと云わなくてはならない。それがどうも口に出憎《でにく》いのであった。ある時吉野の主人が「好く気を附けて、人に高ぶるなんぞと云われないようになさいよ」と忠告すると、勝久は急所を刺されたように感じたそうである」。

このように陸が言葉使いに苦労したこと、庶民の言葉に馴染めなかったことも身分社会であった江戸時代の風俗によるものにちがいない。そんなことに苦労したのか、と教えられることにも『渋江抽斎』の興趣がある。

そこで、「その百十四」の続きを読む。

「しかし勝久の業は予期したよりも繁昌した。未だ幾ばくもあらぬに、弟子の数は八十人を踰《こ》えた。それに上流の家々に招かれることが漸く多く、後にはほとんど毎日のように、昼の稽古を終ってから、諸方の邸へ車を馳せることになった。

最もしばしば往ったのは程近い藤堂家である。この邸では家族の人々の誕生日、その外様々の祝日《いわいび》に、必ず勝久を呼ぶことになっている。

藤堂家に次いでは、細川、津軽、稲葉、前田、伊達、牧野、小笠原、黒田、本多の諸家で、勝久は贔屓になっている」。

ここで「その百十五」に移る。

「細川家に勝久の招かれたのは、相弟子勝秀が紹介したのである。勝秀はかつて肥後国熊本までもこの家の人々に伴われて往ったことがあるそうである。勝久の初て招かれたのは今戸の別邸で、当日は立《たて》三味線が勝秀、外に脇《わき》二人、立唄《たてうた》が勝久、外に脇唄《わきうた》二人、その他鳴物連中で、悉く女芸人であった。番組は勧進帳、吉原雀、英執着獅子で、末に好《このみ》として石橋を演じた。

細川家の当主は慶順《よしゆき》であっただろう。勝久が部屋へ下っていると、そこへ津軽侯が来て、「渋江の女の陸がいると云うことだから逢いに来たよ」と云った。連の女等は皆驚いた。津軽承昭《つぐてる》は主人慶順の弟であるから、その日の客になって、来ていたのであろう。長唄が畢《おわ》ってから、主客打交っての能があって、女芸人等は陪観《ばいかん》を許された。津軽侯は船弁慶を舞った」。

私はこの出来事はあまり愉快でない。それは明治維新においてもっとも利益を得たのは大名たちであると考えているからである。明治維新の結果、皇室の藩屏として「華族」制度が設けられた。華族には公家、大名それに維新に功績のある者たちが択ばれた。皇室の藩屏たるべき華族は富裕でなければならない。大名のばあい、詳細を省いていえば、幕藩体制時代の石高、維新のさいの功労などにもとづく秩禄公債が与えられた。津軽家のばあいも、家臣たちはみな大幅に削減された秩禄に見合う公債しか下付《かふ》されなかったが、津軽家に限らず、大名たちは所領の石高に見合う秩禄公債や明治維新のさいの功績にもとづく賞典禄を支給され、大富豪になったのである。しかも、津軽家は華族として伯爵になり、その俸給も受けたのであった。維新後、藩主、家臣という関係がなくなったのに、まだ家臣であるかのように見下して、懐かしそうに声をかけることに、また勝久らがそのことを光栄のように感じていることに、私は釈然としない。

勝久を贔屓にした諸家の説明があるが、略し、勝久の御披露目についての記述を引用する。

「勝久は看板を懸けてから四年目、明治十（一八七七）年四月三日に、両国中村楼で名弘《なびろ》めの大浚《おおざらい》を催した。浚場《さらいば》の間口の天幕は深川の五本松門弟抽、後幕《うしろまく》は魚河岸問屋今和《いまわ》と緑町門弟中、水引は牧野家であった。その外家元門弟中より紅白縮緬《ちりめん》の天幕、杵勝名取男女中より縹色《はないろ》絹の後幕、勝久門下名取女中より中形縮緬の大額、親密連女名取より茶緞子《ちゃどんす》丸帯の掛地、木場贔屓中より白縮緬の水引が贈られた。役者はおもいおもいの意匠を凝《こら》したびらを寄せた。縁故のある華族の諸家は皆金品を遺《おく》って、中には老女を遣《つかわ》したものもあった。勝久が三十一歳の時の事である」。

『渋江抽斎』から引き写している私にはほとんど意味が分からないが、極めて盛大な催しであったようであり、勝久の人望を窺うことができるように思われる。

「その百十六」は次の文章で始まる。

「勝久が本所松井町福嶋某の地所に、今の居宅を構えた時に、師匠勝三郎は喜んで、歌を詠じて自ら書し、表装して貽《おく》った。勝久はこの歌に本づいて歌曲松の栄を作り、両国井《い》生村楼《ぶむらろう》で新曲開きをした。勝三郎を始として、杵屋一派の名流が集まった。曲は奉書摺《ずり》の本に為立《した》てて客に頒《わか》たれた。緒余《ちょよ》（余りの意、余暇の意で用いられているか）に四つの海を著《あらわ》した抽斎が好尚の一面は、図らずもその女陸に藉《よ》って此の如き発展を遂げたのである。これは明治二十七（一八九四）年十二月で、勝久が四十八歳の時であった」。

この記述の後、勝久の師、杵屋勝三郎が明治二十九（一八九六）年十二月五日に歿したこと、年は七十七歳であったこと、勝三郎は杵屋の宗家から分派した門に属し二代目勝三郎であること、三代目勝三郎はいろいろの経緯の挙句二代目勝三郎の長男が襲いだが、明治三十六（一九〇三）年、九月十一日に歿した事、三代目勝三郎が病臥して鎌倉で療養中勝久が見舞って、遊覧の記という文書を書き、勝久は学者だと言われたこと、三世勝三郎と確執があった高足弟子たる勝四郎との間を勝久が仲介して、勝四郎を三世勝三郎の葬儀に出席させ、勝三郎の木位《もくい》を拝し、線香を上げ、挨拶させるなどして和解させたこと、これは勝久五十七歳の時のことであること、杵勝同窓会はその後男名取の中からは勝五郎と改名した勝四郎が幹事となり、女名取の中からは勝久が幹事となっていることなどを記し、次の文章でこの「その百十八」を結んでいる。

「二世勝三郎の花菱院《かりょういん》が三年忌には、男女名取が梵鐘《ぼんしょう》一箇を西福寺に寄附した。七年忌には金百円、幕一帳《はり》男女名取中、葡萄鼠縮緬幕女名取中、大額並黒絽夢想袷羽織勝久門弟中、十三年忌が三世の七年忌を繰り上げて併せ修せられたときには、木魚一対、墓前花立並綫香立男女名取中、十七年忌には蓮華形皿十三枚男女名取中の寄附があった。また三世勝三郎の蓮生院が三年忌には経箱六箇経本入男女名取中、十三年忌には袈裟《けさ》一領家元、天蓋一箇男女名取中の寄附があった。此等の文字は、人があるいはわたくしの何故にこれを条記して煩を厭わざるかを怪しむであろう。しかしわたくしは勝久の手記を閲《けみ》して、所謂芸人の師に事《つか》うることの厚きに驚いた。そしてこの善行を埋没するに忍びなかった。もしわたくしが虚礼に瞞過《まんか》（目を欺かれること）せられたと云う人があったら、わたくしは敢て問いたい。そう云う人は果して一切の善行の動機を看破することを得るだろうかと」。

まことに森鷗外のいうとおり、これらの弟子たちの師に対する恩義の篤さに驚くが、果たして現在はどうなっているだろうか。そもそも今ではよほど格別の人でなければ、長唄を習うことはないだろう。また、他の遊芸の社会でもかつてのような師弟の関係は失われているのではないか、と想像するが、詳しくは知らない。

「その百十九」に入り、森鷗外は勝久が長唄を教えて四十四年になるが、名取の弟子はわずか七人に過ぎないと述べ、これに関連して教育についての次のとおりの感想を記している。

「今の教育は都《すべ》て官公私立の学校において行うことになっていて、勢《いきおい》集団教育の法に従わざるを得ない。そしてその弊を拯《すく》うには、ただ個人教育の法を参取する一途があるのみである。是《ここ》においては世には往々昔の儒者の家塾を夢みるものがある。然るに所謂芸人に名取の制があって、今猶牢守《ろうしゅ》せられていることには想い及ぶものが鮮《すくな》い。尋常許取の濫は、芸人があるいは人の誚《そしり》を辞することを得ざるであろう。しかし夫《か》の名取に至っては、その肯《あえ》て軽々しく仮借せざる所であるらしい。もしそうでないものなら、四十四年の久しい間に、質《ち》を勝久に委《ゆだ》ねた幾百人の中で、能く名取の班に列するものが独り七八人のみではなかったであろう」。

「許取」について「芸事の免許で初段・目録より更に進み、過半の伝授を受けるのをゆるしといい、それを与えられたものが許取である」とちくま文庫版の注にある。しかし、勝久が与えた名取の数はあまりに少ない。勝久は自分に厳しかったようだが、弟子にも厳しかったのではないか。現在も勝久のように容易に名取を許さないことが通常であるのか、私は知らない。

この章で、勝久の長唄以外の技芸について述べ、『渋江抽斎』の著を終えている。

「勝久の陸は啻《ただ》に長唄を稽古したばかりではなく、幼《いとけな》くして琴を山勢氏に学び、踊を藤間ふじに学んだ。陸の踊に使う衣装小道具は、渋江の家では十二分に取り揃えてあったので、陸と共に躍る子が手廻り兼ねる家の子であると、渋江氏の方でその相手の子の支度をもして遣って躍らせた。陸は善く踊ったが、その嗜好が長唄に傾いていたので、陸は中途で罷められた。

陸は遠州流の活花《いけばな》をも学んだ。碁象棋《しょうぎ》をも母五百に学んだ。五百の碁は二段であった。五百はかつて薙刀《なぎなた》をさえ陸に教えたことがある。

陸の読書筆札の事は既に記したが、やや長ずるに及んでは、五百が近衛予楽院の手本を授けて臨書せしめたそうである。

陸の裁縫は五百が教えた。陸が人と成ってから後は、渋江の家では重ねものから不断著までほとんど外へ出して裁縫させたことがない。五百は常に、「為立《したて》は陸に限る。為立屋の為事《しごと》は悪い」と云っていた。張物も五百が尺《ものさし》を手にして指図し、布目の毫《ごう》も歪《ゆが》まぬように陸に張らせた。「善く張った切は新しい反物を裁ったようでなくてはならない」とは、五百の恒《つね》の詞《ことば》であった。

髪を剃り髪を結うことにも、陸は早く熟練した。剃ることには、尼妙了が「お陸様が剃ってくださるなら、頸が皹欠《ひびかけ》だらけになっても好い」と云って、頭を委せていたので馴れた。結うことはお牧婆あやの髪を、前髪に張の無い、小さい祖母子《おばこ》に結ったのが手始で、後には母の髪、妹の髪、女中達の髪までも結い、我髪は固《もと》より自ら結った。ただ余所行の我髪だけ母の手を煩わした。弘前に徙《うつ》った時、浅越玄隆、前田善二郎の妻、松本甲子蔵の妹などは菓子折を持って来て、陸に髪を結って貰った。陸は礼物を卻《しりぞ》けて結って遣り、流行《はやり》の飾をさえ贈った。

陸は生得おとなしい子で、泣かず怒らず、饒舌《じょうぜつ》することもなかった。しかし言動が快活なので、剽軽者《ひょうきんもの》として家人にも他人にも喜ばれたそうである。その人と成った後に、志操が堅固で、義務心に富んでいることは、長唄の師匠としての経歴に徴して知ることが出来る」。

勝久こと陸の長唄は名手といえないまでも一流にはちがいなかったようであり、立派な人柄であったことは森鷗外が記しているとおりであろう。しかし、閲歴を考えると、矢川文一郎との間が結局どうなったのか、森鷗外が筆を惜しんでいるとしか思えないのだが、そもそも陸は男嫌い、男性に興味も関心もなかったのかもしれない。それにしても、やはり彼女の人間性の全体像が充分に描かれていない憾みがあるように感じることは否定できない。

6

弘前以後の渋江家の人々がどう生きたかを見るとすれば、どうしても五百について記して終わらなくてはなるまい。ただ、五百の動静はほとんど保の記述にすでに含まれているので、ここで叙述できる事柄はごく限られている。その第一は、五百の死歿の状況である。「抽斎歿後の第二十六年は明治十七（一八八四）年である。二月十四日に五百が烏森の家に歿した。年六十九であった」とあることは保の行跡を記したさいに引用した。「その百五」から、その続きを引用する。

「五百は平生病むことが少かった。抽斎歿後に一たび眼病に罹り、時々疝痛《せんつう》を患《うれ》えた位のものである。特に明治九（一八七六）年還暦の後は、ほとんど無病の人となっていた。

然るに前年の八月中、保が家に帰らぬを患えて絶食した頃から、やや心身違和の徴があった。保等はこれがために憂慮した。さて新年に入って見ると、五百の健康状態は好くなった。保は二月九日の夜母が天麩羅蕎麦を食べて炬燵《こたつ》に当り、史を談じて更の闌《たけなわ》なるに至ったことを記憶している。また翌十日にも午食に蕎麦を食べたことを記憶している。午後三時頃五百は煙草を買いに出た。二三年前から子等の諫《いさめ》を納れて、単身戸外に出ぬことにしていたが、当時の家から煙草店へ往く道は、烏森神社の境内であって車も通らぬゆえ、煙草を買いにだけは単身で往った。保は自分の部屋で書を読んで、これを知らずにいた。暫くして五百は烟草を買って帰って、保の背後《うしろ》に立って話をし出した。保はかつ読みかつ答えた。始てドイツ語を学ぶ頃で、読んでいる書はシェッフェルの文典であった。保は母の気息の促迫しているのに気が附いて「おっ母様《かか》、大そうせかせかしますね」と云った。

「ああ年のせいだろう。少し歩くと息が切れるのだよ。」五百はこう云ったが、やはり話を罷めずにいた。

少し立って五百は突然黙った。

「おっ母様、どうかなすったのですか。」保はこう云って背後《うしろ》を顧みた。

五百は火鉢の前に坐って、やや首を傾けていたが、保はその姿勢の常に異なるのに気が附いて、急に起って傍《かたわら》に往き顔を覗いた。

五百の目は直視し、口角からは涎《よだれ》が流れていた。

保は「おっ母様、おっ母様」と呼んだ。

五百は「ああ」と一声答えたが、人事を省せざるものの如くであった。

保は床を敷いて母を寝させ、自ら医師の許へ走った」。

これから「その百六」に入る。

「渋江氏の住んでいた烏森の家からは、存生堂と云う松山棟庵《とうあん》の出張所が最も近かった。出張所には片倉某と云う医師が住んでいた。保は存生堂に駆け附けて、片倉を連れて家に帰った。存生堂からは松山の出張をも請いに遣った。

片倉が一応の手当をした所へ、松山が来た。松山は一診して云った。「これは脳卒中で右半身不随になっています。出血の部位が重要部で、その血量も多いから、回復の望はありません」と云った。

しかし保はその言《こと》を信じたくなかった。一時空を視ていた母が今は人の面《おもて》に注目する。人が去れば目送する。枕辺《ちんぺん》に置いてあるハンカチイフを左手に把《と》って畳む。保が傍《そば》に寄る毎に、左手で保の胸を撫でさえした。

保は更に印東玄得をも呼んで見せた。しかし所見は松山と同じで、此上手当のしようは無いと云った。

五百は遂に十四日の午前七時に絶息した」。

当時としては天寿を全うしたといえるのだろう。ほとんど苦しむことなく、歿したことは幸いであった。

ただ、私に理解できないことは、水木がこの鳥森の家に同居していたはずなのに、五百の臨終を水木が看取っていたという趣旨の記述が存在しないことである。また、杵屋勝久こと陸も同じ東京に住んでいるのだから、五百が倒れた翌日、息をひきとったさいには、使いを貰っていれば、間に合ったはずであるが、彼女が五百の臨終に立ち会った気配はない。これらは森鷗外が書き漏らしたのか、どうか、分からない。いずれにしても、これらの人々の五百の臨終のさいの動静について叙述を欠いていることは森鷗外の筆が蕪雑《ぶざつ》なのではないか、という感を否定できない。

「その百六」は引き続き、五百の晩年の生活について記述しているので、以下に引用する。

「五百の晩年の生活は日々印刷したように同じであった。祁寒《きかん》（厳しい寒さの意）の時を除く外は、朝五時に起きて掃除をし、手水《ちょうず》を使い、仏壇を拝し、六時に朝食をする。次で新聞を読み、暫く読書する。それから午餐の支度をして、正午に午餐する。午後には裁縫し、四時に至って女中を連れて家を出る。散歩がてら買物をするのである。魚菜をも大抵この時買う。夕餉《ゆうげ》は七時である。これを終れば、日記を附ける。次でまた読書する。倦《う》めば保を呼んで棋《ご》を囲みなどすることもある。寝に就くのは十時である。

隔日に入浴し、毎月曜日に髪を洗った。寺には毎月一度詣で、親と夫との忌日には別に詣でた。会計は抽斎世にあった時から自らこれに当っていて、死に迨《いた》るまで廃せなかった。そしてその節倹の用意には驚くべきものがあった。

五百の晩年に読んだ書には、新刊の歴史地理の類が多かった。兵要日本地理小志はその文が簡潔で好いと云って、傍に置いていた。

奇とすべきは、五百が六十歳を踰《こ》えてから英文を読みはじめた事である。五百は頗る早く西洋の学芸に注意した。その時節を考うるに、抽斎が安積艮斎の書を読んで西洋の事を知ったよりも早かった。五百はまだ里方にいた時、ある日兄栄次郎が鮓久《すしきゅう》に奇な事を言うのを聞いた。「人間は夜逆さになっている」云々と云ったのである。五百は怪んで、鮓久が去った後に兄に問うて、始て地動説の講釈を聞いた。その後兄の机の上に気海観瀾《きかいかんらん》と地理全志とのあるのを見て、取って読んだ。

抽斎に嫁した時、ある日抽斎が「どうも天上に蝿が糞《ふん》をして困る」と云った。五百はこれを聞いて云った。「でも人間も夜は蝿が天井に止まったようになっているのだと申しますね」と云った。抽斎は妻が地動説を知っているのに驚いたそうである。

五百は漢訳和訳の洋説（西洋人の論説の意）を読んで慊《あきたら》ぬので、とうとう保にスペリングを教えて貰い、程なくウィルソンの読本に移り、一年ばかり立つうちに、パアレエの万国史、カッケンボスの米国史、ホオセット夫人の経済論等をぽつぽつ読むようになった。

五百の抽斎に嫁した時、婚を求めたのは抽斎であるが、この間にある秘密が包蔵せられていたそうである。それは抽斎をして婚を求むるに至らしめたのは、阿部家の医師石川貞白が勧めたので、石川貞白をして勧めしめたのは、五百自己であったと云うのである」。

渋江抽斎が五百を娶ったのは、五百が望んだからであるということはすでに述べたが、前記の「その百六」末尾の記述を受けて「その百七」に記されていることは、動機に関して若干ニュアンスが違うので、かさねて、その記述を引用することにする。

「石川貞白は初の名を磯野勝五郎と云った。何時の事であったか、阿部家の武具係を勤めていた勝五郎の父は、同僚が主家の具足を質に入れたために、永の暇になった。その時勝五郎は兼て医術を伊沢榛軒に学んでいたので、直に氏名を改めて剃髪し、医業を以て身を立てた。

貞白は渋江家にも山内氏にも往来して、抽斎を識り五百を識っていた。弘化元（一八四四）年には五百の兄栄次郎が吉原の娼妓《しょうぎ》浜照の許に通って、遂にこれを娶るに至った。その貞白は浜照が身受の相談相手となり、その仮親となることをさえ諾したのである。当時兄の措置を喜ばなかった五百が、半生青眼を以て貞白を見なかったことは、想像するに余がある。

ある日五百は使を遣って貞白を招いた。貞白はおそるおそる日野屋の閾《しきい》を跨《また》いだ。兄の非行を幇《たす》けているので、妹に譴《せ》められはせぬかと懼《おそ》れたのである。然るに貞白を迎えた五百にはいつもの元気が無かった。「貞白さん、きょうはお頼申したい事があって、あなたをお招きいたしました」と云う、態度が例になく慇懃であった。何事かと問えば、渋江さんの奥さんの亡くなった跡へ、自分を世話をしてはくれまいかと云う。貞白は事の意表に出でたのに驚いた。

これより先日野屋では五百に婿を取ろうと云う議があって、貞白はこれを与《あずか》り知っていた。婿に擬せられていたのは、上野広小路の呉服店伊藤松坂屋の通《かよい》番頭で、年は三十二三であった。栄次郎は妹が自分達夫婦に慊《あきたら》ぬのを見て、妹に婿を取って日野屋の店を譲り、自分は浜照を連れて隠居しようとしたのである。

婿に擬せられている番頭某と五百となら、旁《はた》から見ても好配偶である。五百は二十九歳であるが、打見《うちみ》には二十四五にしか見えなかった。それに抽斎はもう四十歳に満ちている。貞白は五百の意の在る所を解するに苦んだ。

そして五百に問い質《ただ》すと、五百はただ学問のある夫が持ちたいと答えた。その詞《ことば》には道理がある。しかし貞白はまだ五百の意中を読み尽すことが出来なかった。

五百は貞白の気色を見て、こう言い足した。「わたくしは婿を取ってこの世帯を譲って貰いたくはありません。それよりか渋江さんの所へ往って、あの方に日野屋の後見《うしろみ》をして戴きたいと思います。」

貞白は膝を打った。「なるほどなるほど。そう云うお考えですか。宜しい。一切わたくしが引き受けましょう。」

貞白は実に五百の深慮遠謀に驚いた。五百の兄栄次郎も、姉安の夫宗右衛門も、聖堂(昌平黌のこと)に学んだ男である。もし五百が尋常の商人を夫としたら、五百の意志は山内氏にも長尾氏にも軽んぜられるであろう。これに反して五百が抽斎の妻となると栄次郎も宗右衛門も五百の前に項《うなじ》を屈せなくてはならない。五百は里方のために謀って、労少くして功多きことを得るであろう。かつ兄の当然持って居るべき身代を、妹として譲り受けると云うことは望ましい事では無い。そうして置いては、兄の隠居が何事をしようと、これに喙《くちばし》を容れることが出来ぬであろう。永久に兄を徳として、その為すがままに任せていなくてはなるまい、五百は此の如き地位に身を置くことを欲せぬのである。五百は潔くこの家を去って渋江氏に適《ゆ》き、しかもその渋江氏の力を藉りて、この家の上に監督を加えようとするのである。

貞白は直《すぐ》に抽斎を訪うて五百の願を告げ、自分も詞《ことば》を添えて抽斎を説き動した。五百の婚嫁は此の如くにして成就したのである」。

私は、これは五百の抽斎に娶って貰いたいという希望を実現するための口実にすぎないと考える。五百のいう後見とは、現在でいえば、企業の外部監査役のような役割を抽斎に期待するということに、ほぼ等しい。しかし、抽斎は商売についてはまるで知らない。営業が不振となり、衰頽しても、どのような忠告もできるだけの知識も経験もない。彼が知っているのは先哲の高邁な思想だけである。早く隠居して楽をしたい、怠け者の栄次郎を叱咤激励して真面目に商売に打ち込ませることなど、抽斎の手に余るのである。五百は抽斎に嫁したいという動機から、貞白に抽斎を説いてもらうために、詭弁を弄したのだと言ってよい。彼女はじつに賢い女性であった。

五百は非凡な女性であり、いかなる男性も及ばないほどの知識、識見を持っていた。しかも、時代は彼女をして家事、育児に専念させ、彼女の能力を発揮させる場を提供しなかった。早く生れ過ぎた不幸な生涯であったが、本人は女性の権利などに関心を持たなかったから、抽斎に早く先立たれたことは嘆いても、その才能を充分に開花させる機会を持たなかったことを悔いることはなかったかも知れない。そうとすれば、これは時代に先駆けて生れた才媛の悲劇だが、本人はそういう自覚がなかったかもしれない。そうであれば、一層痛ましく思われる。

それにしても、五百の晩年、彼女は知識欲旺盛で、じつによく読書しているのだから、その感想を保に漏らす機会はいくらもあったはずであり、どのような感想を漏らしていたかを知ることができないことが心残りである。保が五百の洩らす読後感などを記憶し、これを森鷗外に伝えていれば、五百がどのような思想を抱いていたかも私たちは知ることができたはずである。おそらく徳川幕藩体制の崩壊期から明治維新にかけての時期における最高の知性を持った女性が、どんな思想を持っていたかを、私は知りたいと切望する。『渋江抽斎』においてて森鷗外はこのことに関心を示していない。これは私が『渋江抽斎』にもつ不満の一つである。

後記

私は『高村光太郎の戦後』を書き上げて後、何を読むか、しばらく迷っていた。その結果、二十歳前後の頃に読んでほとんど感興を覚えなかった森鷗外の史伝三作、すなわち、『渋江抽斎』『伊沢蘭軒』『北条霞亭』を採り出して、読みかえしてみることにした。読後、これらがずいぶんと興味ふかい著述であることを知った。森鷗外にこれらの著作があることは知られていても、若い頃の私と同様、これらの興趣を御存じない読書人もおいでになるのではないか、と思い、私が覚えた感興をできるだけ伝えたいと考え、筆を執った。本書がこれらの著書に接する機会となることを私は心から期待している。

なお、底本として筑摩書房刊のちくま文庫版全集を用いた。私が所蔵している岩波書店刊の全集は歳月の経過によりかなりに褪色しているのに反し、ちくま文庫版はよほど活字が鮮明である。そこで、視力の衰えている私にはちくま文庫版がよほど読みやすいので、これを底本とすることにしたのである。

ちくま文庫版は新漢字、現代仮名遣いで表記されているので、岩波書店刊の全集とは表記に違いがあるが、むしろ現在の読書人にはこのような表記の方が読みやすいのではないか、と考え、旧漢字、歴史的仮名遣いにはこだわらないことにした。

なお、引用されている漢文はちくま文庫版では、訓読を平仮名のルビで示しているが、本書では括弧内に、漢字交りの訓《よ》みを、小さい活字で示すことにした。そのさい、ちくま文庫版のルビを大いに参考にしたことをお断りする。また、難解な言葉の意味についても、それぞれの言葉に続けて、括弧内に示した。この語釈についてもちくま文庫版の注釈を大いに参考にさせていただいた。

本書のようにごく少数の読者しか関心をもってくださらないと思われる著書の刊行を引き受けてくださった青土社社長の清水一人さん、細心の注意を払って出版の実務を担当してくださった編集部の足立朋也さんに心からお礼を申し上げる。

二〇二一年七月三日

中村　稔

森鷗外『渋江抽斎』を読む

2021年 9 月 10 日　第 1 刷印刷
2021年 9 月 20 日　第 1 刷発行

著者――中村 稔

発行人――清水一人
発行所――青土社
東京都千代田区神田神保町 1-29 市瀬ビル　〒101-0051
電話　03-3291-9831（編集）、03-3294-7829（営業）
振替　00190-7-192955

印刷・製本――双文社印刷

装幀――水戸部 功

ISBN978-4-7917-7402-9　　Printed in Japan